진지하지 않은

레몽 플랑트 지음

이자벨 아르스노 그림

조현실 옮김

도서출판 산하

세상을 다 읽고 싶은 나의 친구들에게

나의 삶에서 중요한 역할을 한 돈키호테에게 영감을 받아 작은 이야기 하나를 구상했습니다. 이 작품은 마침 《라만차의 돈키호테》가 출간된 지 400주년 되는 해에 씌어졌습니다. 미리 의도하지 않았는데도, 이처럼 우연이 겹친다는 것은 참으로 즐거운 일입니다.

열일곱 살엔 누구도 진지하지 않네.

_ 아르튀르 랭보(1854~1891)

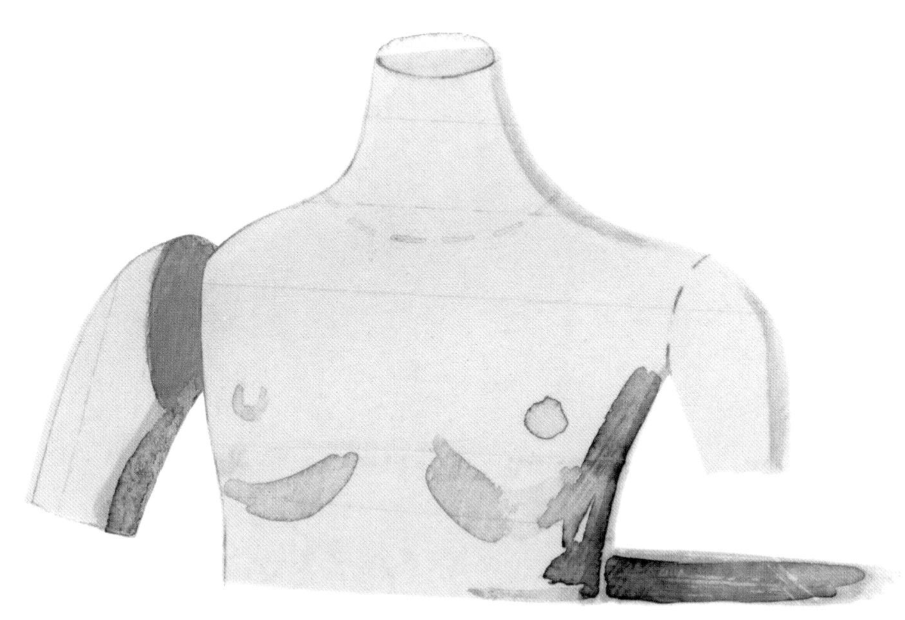

조르주 P.는 사랑에 빠져 보고 싶었다.

그때, 조르주는 여자에게 관심이 많았다. 아무나 다 좋아한 것은 아니었다. 한 여자의 모든 면을 좋아한 것도 아니었다. 한 여자라도 유독 어느 부분만을 특별히 좋아했다. 가령 어떤 여자한테는 어깨에 마음이 끌렸다. 수영 잘하기로 소문 난 나딘의 경우가 그랬다. 하지만 수영모를 쓴 모습엔 별다른 매력을 느끼지 못했다. 쥘리가 대화에 열중할 때의 손 모양도 마음을 사로잡았지만, 그 애는 말이 너무 많았다……. 밑도 끝도 없는 이야기를 한없이 늘어놓는 쥘리에겐 어느새 호감이 사라져 버렸다.

카트린이 거추장스러운 신발을 벗어 던지고 발가락을 부챗살처럼 펼칠 때의 그 사랑스러움을 어떻게 말로 표현할 수 있을까. 노에미의

다리는 또 어떤가. 아, 허공을 가르는 가위처럼 날렵한 두 다리! 그 애는 빠르게 걸으면서도 자기가 갈 방향을 정확히 알고 있는 것 같았다. 조르주가 거의 대부분 모르고 있는 것과는 다르게.

조르주의 마음을 끄는 여자들은 그들 말고도 많았다. 볼록한 가슴과 엉덩이, 호리호리한 허리……. 조르주는 자기 주변의 여자애들을 한 명도 빼지 않고 관찰했다. 학교에서, 길에서, 상점에서. 마치 360도를 전 방위로 보는 특수한 눈을 갖기라도 한 것처럼 그랬다.

비올레트가 춤을 출 때면, 음악의 리듬과 하나가 되어 찰랑거리는 긴 머리카락에 가슴이 울렁거렸다. 그렇게 흔들어 대고도 어떻게 머리가 온전할 수 있을까? 아니-프랑스는 허리를 흔들면서 그의 넋을 빼놓았다. 그렇게 살랑거리는 법은 대체 어디서 배웠담?

롤리타의 목덜미도 매혹적이었다. 그 애가 흑단 같은 머리채를 들어

올리는 것은 짧은 순간만이라도 아름다운 목이 숨을 쉬게 하려는 것일까. 조르주는 이렇게 상상의 나래를 폈다.

때때로 조르주는 시간이 멈춰 버리기를 바랐다. 자신을 제외한 다른 사람들이, 그러니까 조르주의 머릿속에서 진행되고 있는 이야기의 등장인물들이 모두 어떤 동작을 하거나 말을 하다가, 호각 소리에 맞추어 일제히 멈춰 서서 꼼짝도 하지 않는다면 어떨까. 여자들이 모두 조각상으로 변해 버리고, 자기 혼자만 움직이면서 마음껏 관찰할 수 있다면…….

그 시절, 조르주는 사랑에 빠져 보고 싶었다. 그러나 아무도 자기에게 관심을 가져 주지 않았기에, 힘든 시기였다. 어느 여자의 눈에도 그는 보이지 않는 모양이었다. 한마디로, 조르주는 아예 존재하지 않는 사람 같았다.

그날, 조르주는 오후 내내 사인 연습을 했다. 그러니 팔이 빠질 것처럼 아픈 것도 당연했다.

서로 다른 사인들을 서른 개 정도 만들어 보았다. 쉽지 않았다. 사인에 개성이 드러나야 하고, 의미도 담겨야 했다. 자기 이름을 빠르게 흘려 쓰는 동작이 편하게 느껴지고 쾌감도 맛볼 수 있어야 했다. 무엇보다도 필체에서 자신의 모습이 엿보여야 했다.

간단한 일이 아니었다. 어떤 예민한 사람들은 글자의 형태와 배열만

Georges P.

Georges P. Georges P.
georges georges P. Georges P.
georges P.
georges P.
Georges P. georges
Georges P. georges P.
Georges P.
Georges P. Georges P.
Georges P.
Georges P.
georges P.
Georges P.
Georges P.
Ge Georges P.
Georges P.
Georges P. Georges

Georges P.

Georges P.

Georges P.

Georges P.

Georges P.

Georges P.

Georges P.

Georges P.

Georges P.

Liliane T.

보고도 그 사람을 판단하려 들지 않던가. p 자의 곡선을 집요하게 살피고, j 자의 꼬리를 분석하고, i 자의 머리에 붙는 점까지 꼼꼼하게 들여다보고 나서야 사인 당사자에 대해 알겠다는 듯 평가를 내리는 고약한 사람들도 있는 법이다.

그들의 판결은 냉정하다. 그들은 오만함, 소심함, 자존감 결여, 신경과민, 완벽주의, 나태함, 연약함, 우울, 애정 결핍 같은 징후를 귀신같이 집어냈다. 그렇다면 어떤 불순한 의도도 찾아낼 수 있지 않을까.

어쨌거나 조르주는 마침내 자신만의 사인을 만들어 냈다. 마음에 들었다. 사실 그는 조르주 P. 라는 자기 이름이 약간 촌스럽다고 생각하고 있었다.

조르주는 426번씩이나 똑같은 사인을 해 보았다. 팔과 손목과 손가락까지 얼얼해질 정도였다. 그렇다고 시간을 허비했다고 할 수는 없었다. 이젠 어디서나 당당하게 사인을 할 수 있게 된 것이다. 누구든 사인해 달라고 부탁만 하면 말이다.

당장은 그럴 일이 없겠지만, 기회는 언젠가 주어질 것이다. 그런 날은 곧 찾아올 것이다. "여기에 사인 좀 해 주세요." 이런 요청을 받으면, 기꺼이 서명해 줄 작정이었다. 누구보다도 자연스럽게. '조르주 P.' 라고.

팔이 빠질 것처럼 아팠던 이 소년의 이야기는 욕망을 주제로 하여 시작된다. 너무나도 평범하고 정상적인 사랑이지만, 왠지 불가능할 것만 같은, 또는 힘겨울 것 같은 사랑에 관한 이야기 말이다.

조르주는 릴리안과 나란히 길을 걷고 있었다. 그런데 릴리안을 따라가고 있다고 해야 할지, 함께 가고 있다고 해야 할지 자신도 알 수가 없었다. 사실은 이랬다. 처음엔 다른 애들과 함께 가다가, 하나 둘씩 도중에 흩어져 버린 것이다. 그리하여 백 미터 남짓한 거리를 둘이서만 걷게 되었다. 조르주는 이 순간을 기다려왔다. 지금까지 지나온 길은 이 짧은 순간에 대한 희망을 설계하는 과정일 뿐이었다. 이제 오른쪽으로 꺾으면 릴리안의 집으로 올라가는 나선형 계단이다. 조르주의 걸음걸이는 점점 느려졌다. 그러나 릴리안은 조르주의 동요를 눈치 채지 못한 것인지 관심이 없는 것인지 – 곧 알게 되겠지만 – 계속 같은 리듬으로 걷고 있었다. 조르주의 가슴을 후벼 파는 듯한 절망감에 대해선 도무지 관심이 없는 듯했다.

AGE

릴리안의 주변에서 얼쩡거리는 녀석들은 수도 없이 많았다. 그들을 한꺼번에 다 안아 주려면 팔이 서른 개쯤은 있어야 했을 것이다. 마음도 헤아릴 수 없이 많아야 했을 것이다. 그런데 마음이란 깊숙한 곳에 감춰져 있기에, 젖가슴이라든가 엉덩이라든가 귀여운 들창코처럼 쉽게 볼 수 있는 것이 아니지 않은가. 릴리안에게는 팔도 두 개, 젖가슴도 두 개밖에 없을 뿐더러, 그마저도 자기 자신만을 위한 것이었다. 그러니 남자애들은 성인 잡지나 뒤적이면서 릴리안의 벗은 몸을 상상해 볼 수밖에. 이들에게 여자의 몸이란, 육체적 사랑의 단계들을 차례로 배워 가는 데 필요한 달콤한 도구 같은 것이었다. 릴리안도 그걸 모르지 않았지만, 자기가 남자애들의 마음을 설레게 한다는 사실이 싫지만은 않았다. 그러면서도 릴리안은 거의 언제나 다른 데 관심이 있는 척했다. 실제로 릴리안은 전혀 다른 데에 관심을 쏟고 있었다. 그건 바로 자기 자신이었다.

남자애들이 텔레비전 방송이나 유행가와도 상관없는 시시껄렁한 얘기들을 늘어놓거나, 그마저도 소재가 떨어져서 수업 내용이나 선생들에 관한 얘기를 할 때면…… 한마디로 남자애들이 화제를 돌려가면서 얘기를 질질 끌려고 하면, 릴리안은 앞만 바라보며 그냥 무시해 버렸다. 조르주처럼 할 말이 목에 걸려서 숨이 막혀 죽을 것 같아 입도 뻥긋 못 하고 있어도, 릴리안은 그냥 무시해 버렸다.

말은 언제나 조르주의 신경을 곤두세우고, 고문하고, 상처를 냈다.

소리를 내서 자기 생각을 표현하려 할 때마다 조르주는 숨이 차서 헐떡였다.

어느새 겨울 기운이 느껴지던 그 목요일에 조르주는 릴리안과 단둘이 있었다. 11월 말이라 어둠이 빨리 내렸다. 밤은 날카로운 낫이고, 생경한 암흑이었다.

낮인지 밤인지 헷갈리는 순간 같은 것은 없었다. 밤은 단칼로 내려치듯, 전격적으로, 소름 돋을 정도의 냉기를 내뿜으며 쳐들어왔다. 조르주는 서둘러야 했다. 빨리 말을 해야 했다. 하지만 그러려면 입이 세 개는 있어야 할 것 같았다. 릴리안에게, 이 대단한 릴리안에게 함께 영화를 보러 가자고 하려면……. 다음 날인 금요일은 어떨까. 금요일이라면 영화 보러 가기에 나쁘지 않을 텐데.

혀가 바싹바싹 말랐다. 입 속에서 벌레가 죽어 가고 있는 것만 같았다. 얼굴이 화끈 달아올랐다. 추위도 소용없었다.

"네가 무슨 말 하려는지 알아."

조르주가 입을 열기도 전에 릴리안이 말을 막았다.

"나랑 영화 보러 가자든가, 뭐 그런 거 아니니?"

"왜 그런 생각을 했는데?"

"지금 강아지처럼 졸졸 따라오고 있잖아. 네 얼굴에도 그렇게 씌어 있고."

조르주는 변명도, 거짓말도 할 수가 없었다. 릴리안은 이미 다 알고 있었다.

"하지만 안 되겠어. 이렇게 얘기나 하는 거라면 몰라도, 우리 사이에 더 이상은 안 돼."

조르주는 얼굴이 더 빨개졌다. 릴리안의 말이 상처가 된 것이다.

사실 대화가 어떻게 흘렀는지, 나중엔 기억조차 나지 않았다는 게 솔직한 고백일 것이다. 어쩌면 릴리안이 장황하게 변명을 늘어놓았는지도 모른다. 아무튼 직설적이진 않았을 게 분명하다. 릴리안은 모호한 것, 막연한 걸 좋아했으니까. 상대에게 곱씹거나 되새길 여지를 주는 것, 앞서 나가진 않되 희망을 주는 것을.

"지금은 안 돼. 할 일이 있어. 나중에…… 보자."

이 소녀는 사랑받는 것을 즐겼다. 자기를 따르는 남자애들을 잃고 싶진 않았다. 흘낏거리는 남자애들을 살짝 밀어낼 때마다 느껴지는 미묘한 쾌감도 달콤했다.

어쨌거나 여기서 중요한 건, 조르주가 이 말을 어떻게 들었느냐 하는 것일 게다. 조르주는 릴리안이 자기에게만 유난히 가혹하다고 믿었다.

그런데 계단 아래에서 릴리안이 뭉그적거리고 있을 때, 급히 계단을 내려오는 그림자 하나가 있었다. 릴리안은 굳이 그 그림자에게 인사할 생각도 않고, 조르주를 내버려둔 채로 계단을 올라가 버렸다.

여자의 그림자는 가냘픈 몸매에, 갈색으로 염색한 머리카락을 틀어

올린 모습이었다. 어디로 도망이라도 치는 것 같은 분위기였다.

뒤이어 묘한 동행이 시작되었다. 조르주와 그 여자는 같은 방향으로 가고 있었다. 두 사람은 얇게 살얼음이 깔린 보도 위를 몇 발자국 거리를 두고 걸어갔다. 조르주가 뒤에서 따라갔다. 같은 속도와 리듬, 같은 박자로. 여자가 마치 보이지 않는 끈으로 그를 끌고 가듯. 여자는 속도를 늦췄다. 이제 둘은 나란히 걸어가게 되었다. 어설프기 짝이 없는 소년에겐 두려운 일이었다.

"릴리안 친구니?"

"수업을 같이 들어요."

"나는 릴리안의 올케야."

여자의 이름은 자셍트였다. 조르주는 이 이름을 중얼거려 보았다. 여자는 길모퉁이의 작은 스낵바에서 일한다고 했다. 조르주는 집에 가려면 다른 길로 접어들어야 했지만, 그 말을 꺼내지 못했다. 그저 여자가 하는 말을 듣고만 있었다. 여자가 늘어놓은 이야기는 사실 빤한 것이었다. 변덕스런 날씨, 추위, 하녀처럼 일해야 하는 신세에 대한 한탄, 늘 자기 아이를 데리고 떠날 꿈만 꾸고 있다는 넋두리…….

스낵바에 다다르자, 여자가 물었다.

"커피 한잔 하고 갈래?"

둘은 안으로 들어섰다. 가게에는 역한 튀김 냄새가 배어 있었다. 조르주는 카운터의 높은 의자에 앉았다. 커피를 좋아하진 않았지만, 사양할 생각은 없었다.

여자는 코트를 벗고는 검은 타이트스커트에 흰 블라우스로 갈아입고, 편한 신발로 바꿔 신었다. 조르주는 지나치게 짙은 화장을 한 여자의 얼굴을 요모조모 뜯어보았다. 도톰한 입술에 립스틱이 흥건히 묻어 있었다. 눈가엔 푸른 기가 도는 검은색 아이섀도가 칠해져 있었다. 서른 살쯤이거나, 조금 더 젊을 수도 있었다. 아니면 더 나이가 들었을 지도 모른다. 하긴 열일곱 살밖에 안 된 소년이 어찌 알겠는가.

조르주는 눈을 내리떴다. 커피보다는 핫초코나 코카콜라가 좋은데.

"릴리안이랑 데이트하고 싶니?"

"그런 것 같아요."

조르주는 한숨을 쉬었다. 자신도 확신이 없었다.

"싫다고 했나 보지?"

조르주가 어깨를 으쓱했다.

"싫다고는 안 했어요."

"뭐라고 했는데?"

"그냥…… 얘기만 나눴어요."

거울에 비친 조르주는 영락없이 실연을 당해 절망한 남자의 모습이었다. 숨도 제대로 못 쉬고 말을 머뭇거리며 도통 속을 드러내지 못하는, 소심하기 그지없는 그런 남자…….

"릴리안이 자기 말고 다른 사람 생각도 좀 해 주면 좋을 텐데."

자셍트가 입술을 뾰로통하게 내밀었다. 그러고는 조르주 옆 의자에 앉아 담배를 입에 물었다. 커피도 마시는 걸 보면, 일을 시작하기 전에 잠시 휴식을 취하는 것 같았다. 사장이 주방문에 기대서서 사나운 눈초리로 지켜보는데도, 자셍트는 아랑곳하지 않았다.

조르주는 코트를 벗을까 말까 망설였다. 너무 더웠다. 이젠 밖으로 나가고 싶다는 생각밖에 없었다. 커피 한 잔 마시는 것도 힘에 겨웠다.

Jacynthe

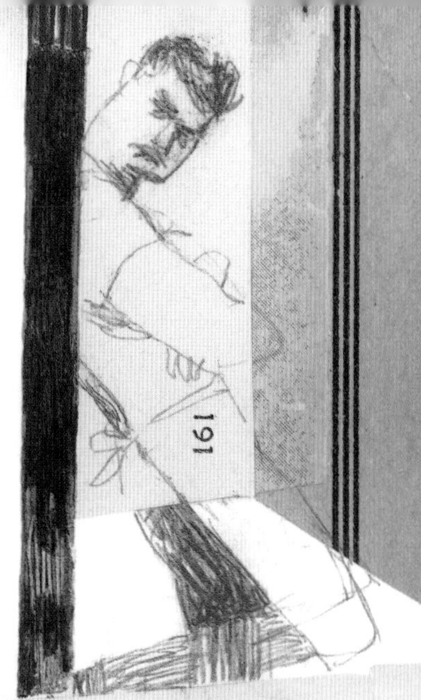

"네 편이 되어 줄까? 내가 릴리안한테……."

"아니, 아니에요."

조르주는 목이 잠길 만큼 황급히 거절을 하고는, 급한 일이 있다고 둘러대고 그곳을 빠져나왔다.

불같이 달아오른 얼굴에 차가운 공기가 부딪쳤다.

그날 밤엔 한겨울의 차가운 기운도 조르주의 열기에 당해 낼 수 없었을 것이다.

다음 날 늦은 오후, 조르주는 릴리안을 피하느라 이리저리 길을 돌아서 갔다. 일부러 한 번도 가 본 적 없는 골목길들을 택했다. 그래야만 시간을 죽일 수 있을 테니까. 스낵바에 도착해서 김이 서린 유리창 안쪽을 들여다보니, 자셍트가 있었다. 그녀가 자기보다 먼저 와 있기를 얼마나 바랐던가.

안으로 들어가니 공기가 후덥지근했다. 자셍트가 미소를 띠었다. 한가한 시간이라, 조르주가 유일한 손님이었다.

"커피?"

"아뇨, 콜라랑 감자튀김 주세요."

그녀가 주방으로 사라졌다. 조르주는 안쪽 구석에 놓인 테이블에 자리를 잡았다. 그건 전략적인 선택이었다.

먼 길을 걸어오는 내내 조르주는 머릿속에서 스낵바의 자리들을 하나하나 떠올려 보았다. 긴 카운터는 책 읽기에 적합지 않은 데다 너무 노출이 되는 것 같아 피하기로 했다. 구석에 숨어있는 게 상책이었다. 마침 바로 옆이 화장실이라, 등 뒤쪽으로 아무도 앉을 수 없다는 것도 마음에 들었다. 게다가 그곳에선 거울을 볼 수도 있었다. 자셍트가 주방문을 열고 나타나는 순간부터 움직임을 샅샅이 따라가며 지켜볼 수 있는 것이다. 자셍트가 어느 쪽으로 가도 커다란 거울을 통해 금방 찾을 수 있었다. 중심 벽은 전체가 거울로 덮여 있었다. 카운터 뒤에도 거울이 있긴 하지만, 카운터에 놓인 커피 기계, 금전출납기, 주스 기계 그리고 각종 음료수 광고들 때문에 시원하게 잘 보이진 않았다.

조르주는 한 순간도 놓치지 않을 작정이었다.

코트를 벗고, 붉은 인조가죽을 씌운 긴 의자에 앉아서 조르주는 두툼한 책을 꺼내어 읽기 시작했다. 아직은 앞부분이었다.

> 기사는 책 읽는 데 너무 열중한 나머지, 밤을 꼬박 새고 동이 틀 때까지 읽었다. 그러고도 모자라, 해가 뜨면 또 아침부터 저녁까지 하루 종일 책만 읽었다. 잠을 거의 자지 않고 오로지 책만 읽다 보니 그의 머리도 지쳐, 결국 정신이 나가고 말았다.
>
> 그의 상상력은 책에서 읽은 갖가지 내용들로 채워졌다. 매혹, 대립, 도전, 싸움, 상처, 구애, 사랑, 폭풍, 그리고 있을 수 없는 온갖 기상천외한 일들. 상상 속의 모든 것이 다 순수한 진실이라고 철석같이 믿다 보니, 세상에 그보다 더 확실한 이야기는 없다고 생각하기에 이르렀다.

"감자에 소스도 뿌려 달라고 했어. 서비스야!"

마치 공모라도 하는 사람처럼 그녀의 눈에서 빛이 났다. 조르주는 소스를 좋아하지 않는다는 말을 차마 할 수가 없었다.

자센트는 접시와 콜라병을 테이블에 내려놓더니, 조르주가 무슨 책을 읽고 있는지 보려고 고개를 뺐다. 조르주는 책을 덮어 버렸다. 낡은 책표지에는 – 책 내용보다는 그래도 덜 오래 됐지만 – 늙고 야윈 돈키호테가 창을 들고 비실거리는 로시난테의 등에 올라탄 모습 말고도 산초 판자, 풍차와 유령, 여인들, 새들, 그리고 악몽에 등장하는 온갖 잡다한 것들이 그려져 있었다. 자셍트가 두 손으로 책을 들었다.

"아이쿠, 이 많은 내용을 어떻게 다 기억해?"

"그냥 저절로 외어져요."

자셍트가 웃었다.

"릴리안 만났어?"

"아뇨, 아뇨. 저는 다른 길로 왔어요. 일이 있어서요."

조르주는 말을 더듬거렸다. 그 대단한 릴리안도 이제 무관심의 미로에서 자취를 감추고 말았다는 것을 이 여인은 짐작했어야 했다. 자셍트야말로 소년의 마음을 빼앗고 말았다. 다른 여자애들처럼 목덜미, 장딴지, 가슴, 냄새…… 이런 식으로 특별히 좋아하는 부분을 따로 생각할 수가 없었다. 소년은 그녀의 존재 자체를 사랑하게 된 것이다. 설렘, 그것은 조르주가 머릿속에서 그리던 휴가의 분위기와도 흡사했다. 일상의 나사가 풀리면서 작은 몸짓 하나도 편안해지고, 작은 음악 소리조차도 부드럽게 들리는 그런 휴가 말이다.

11월인데도 매섭게 추웠다. 조르주는 가슴속의 설렘을 안으로 감추고 이렇게 도피해 있는 것이, 번뜩이는 눈으로 흘끔흘끔 망을 보며 《돈키호테》를 읽는 것이 좋았다.

다음 날인 토요일의 저녁이었다. 조르주를 기다리고 있던 것은 실망감이었다. 문득, 작년에 겪었던 일이 떠올랐다. 그 당혹스런 느낌이라니. 자크 고부의《갈라르노, 안녕!》*이라는 책을 읽고 있을 때였다. 역시 감자튀김이 등장하는 그 이야기를 열심히 읽어 내려가는데, 갑자기 하얗게 비어 있는 페이지가 나타나는 게 아닌가. 출판사의 소홀함과 인쇄소의 실수가 겹친 탓이었다. 이야기가 갑자기 뚝 끊기며 의미도 사라져 버렸다. 열렬한 독자였던 조르주는 배신당한 듯한 심정에 가슴이 아리기까지 했다. 다음 주 월요일에 서점에서 새 책을 받아다가 처음부터 다시 읽고 나서야 그 불편함이 사라졌다.

이야기란 그렇게 끊길 수도 있는 법이다. 현실 속에서의 조르주 이야기도 그랬다. 레스토랑에 다시 갔을 때, 자셍트는 보이지 않았다. 전날 조르주가 앉아 있었던 자리에는 얼굴이 동그란 어느 여학생이 앉아 있었다.

감자튀김이 목으로 넘어가질 않았다. 《돈키호테》도 한 페이지를 겨우 읽고는 덮어 버렸다. 따분했다.

월요일이 되자, 조르주는 안절부절 어쩔 줄을 몰랐다. 자셍트를 못 볼 수도 있다고 마음을 단단히 먹었다. 그러면서 일부러 시간을 질질 끌었다. 공원 벤치에 앉아서 바람에 밀려 굴러다니는 낙엽들을 맥없이 바라보기도 했다.

* 캐나다 퀘벡 작가 자크 고부가 1967년에 발표한 소설.

스낵바에 다다른 조르주는 유리창에 커다랗게 붙어 있는 소시지 광고지 위쪽에 눈을 대고 안을 들여다보았다. 자셍트가 와 있었다…….

조르주는 자기 자리로 가서 앉았다. 걱정했던 것이 다 부질없는 짓이었다는 안도감에 젖어 들면서, 지난 이틀간의 텅 빈 백지 같았던 삶을 찢어 버릴 수 있었다. 자셍트가 콜라와 '서비스로' 소스를 뿌린 감자튀김을 가져다주었다. 여느 때 같으면 걸쭉한 갈색 소스가 싫었겠지만, 이 순간만큼은 둘 사이의 은밀한 소통, 둘만이 아는 비밀, 동굴 속의 괴물에게 감춰야 할 속임수의 상징처럼 느껴졌다.

동굴 속 괴물의 이름은 래리였다. 래리는 이 스낵바의 요리사이자 사장이었다. 비쩍 마른 이 그리스 사내의 뺨은 덥수룩한 수염에 덮여 있었다. 색 바랜 흰 셔츠를 아무렇게나 걸친 그는 주기적으로 앞치마에 손을 닦으며 주방문을 나왔다. 그의 검은 눈동자는 정교한 레이더가 되어 식당 안을 훑었다. 그러면 자셍트는 감시당하는 게 지긋지긋하다는 듯 눈을 한 번 치뜨고는, 늘 해 오던 빤한 일들을 일부러 과장된 몸짓으로 해치웠다. 식탁 위에 놓인 냅킨 통을 채우고, 음악과 뉴스가 나오는

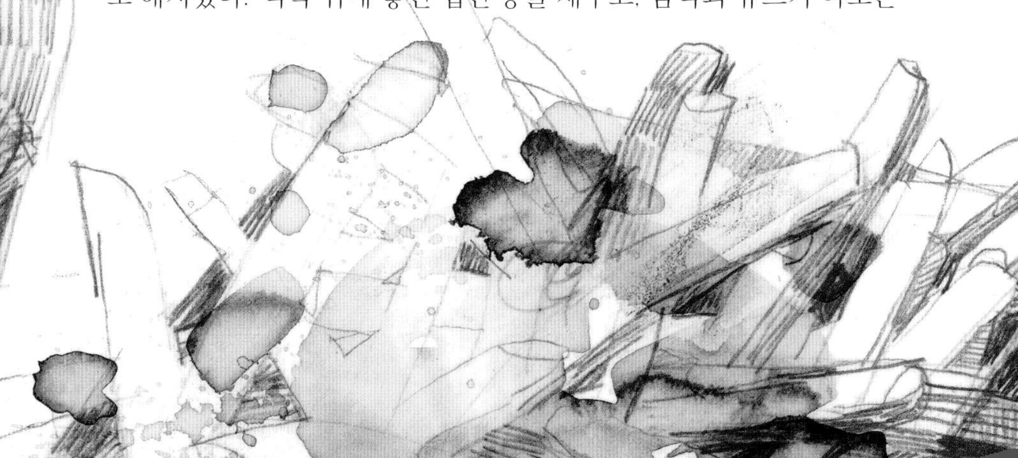

라디오 채널을 맞추고, 카운터를 닦고…… 그러고는 사장을 쳐다보았다. 그러면 남자는 빙긋이 웃었다. 침묵 속의 이 신경전에 숨겨진 비밀이 대체 무엇인지, 조르주로서는 가늠할 수가 없었다. 그러면서도 자기는 언제까지나 자셍트의 동지로 남아 있겠다고 마음먹었다…….

조르주는 늦은 오후면 어김없이 그 작은 스낵바를 찾았다. 그 시간에는 가게가 거의 비어 있었지만, 주문도 안 하고 자리만 차지하고 있을 수는 없는 노릇이었다. 그래서 늘 똑같이 감자튀김과 콜라를 주문했다. 튀김을 눅눅하게 만들어 버리는 소스를 좋아하진 않았지만, 그게 무슨 사랑의 묘약이라도 되는 듯 열심히 집어 삼켰다. 그러고는 그 자리에 앉아서 책을 읽었다. 미구엘 데 세르반테스의《재치 있는 시골 귀족 라 만차의 돈키호테》라는 두꺼운 책이었다.

조르주는 천천히 읽어 나갔다. 줄거리의 흐름을 놓치지 않으려면 정신을 집중해야 했다. 책이 짧은 장들로 나뉘어 있어서 다행이었다. 수많은 대화들이 마음을 사로잡았다. 이 책은 큰 소리로 읽어야 제 맛이 날 것 같았지만, 조르주는 눈으로만 읽는 쪽을 택했다. 자기는 조용한 관찰자요, 보이지 않는 연인이었으니까. 낭만적인 기사가 했던 것처럼, 그도 나름 치열한 싸움을 벌이고 있는 셈이었다.

조르주가 이 작은 스낵바를 찾아오는 것은 집에 있으면 외로워서가 아니라, 단지 자셍트가 자신의 독서에 흥미를 보였기 때문이었다. 자셍트는 이 나이의 사내아이가 이렇게 두꺼운 책에 빠져 있다는 사실에 강렬한 인상을 받은 것 같았다. 그녀는 소금통들과 후추통들을 채우면서

Larry

쉴 새 없이 자기 얘기를 늘어놓았다. 조르주에게 자셍트는 엄마가 될 만큼 늙진 않았고, 연인이 되기엔 너무 나이 들어 있었다. 그녀는 두 세대 사이에 끼어 있었다. 그리고 조르주는 두 세계 사이에 끼어 있었다. 바쁜 시간 사이에 스낵바를 찾아온 그는 학교와 집 사이의 무인 지대에 웅크리고 있었다. 마치 샌드위치 같은 신세였다.

조르주가 책을 읽는 건 어쩌면 자셍트의 양쪽 어깨 사이에만 시선을 두게 될까 봐 지레 겁이 나서일지도 모른다. 그의 절반은 책을 읽고 있었지만, 나머지 절반은 자셍트의 아주 작은 몸짓까지 살피고 있었다. 그녀가 등지고 있을 땐 거울에 비친 모습을 지켜보고 있었다. 조르주는 자신의 마음을 사로잡은 여인을 훔쳐보고 있었던 것이다. 웃음소리, 몸을 움직이는 독특한 방식까지 하나도 놓치지 않고…….

책을 읽는다고 했지만, 신경이 온통 자셍트에게 팔려 있다 보니, 한 단어에서 다음 단어로 넘어가는 데 한참씩 걸리기도 했다. 그러니 기억나는 게 별로 없는 것도 당연했다. 책장을 언제 넘겼더라? 무슨 내용이 씌어 있었더라? 그는 여인과 책 사이에서도 샌드위치 신세였다.

아무튼 조르주는 자셍트의 삶에 대해 많은 것을 알게 되었다. 그녀에게는 8개월 된 아기가 있는데, 이름은 샤를르라고 했다. 자셍트는 코트 노르 지방의 세틸에서 태어났으며, 그곳에 일하러 왔던 남편이 일자리를 잃게 되는 바람에 고향을 떠났다고 했다. 남편의 가족과 함께 살고 있는 지금의 삶이 지옥 같다는 것과, 남편이 다시 철없는 어린애가 되어 버리는 바람에 부부 관계가 원만하지 않다는 사실도 알게 되었다. 그녀와 관련된 것이라면 사소한 일 하나하나에도 가슴이 뛰었다. 그러다가 조르주는 또다시 슬픈 몽상가인 돈키호테에게로 돌아왔다.

날마다 늦은 오후면 여관집 주인 덕에 고귀한 기사가 된 이 말라깽이 스페인 남자는 풍차들과 싸움을 벌이고, 산초 판자와 갖가지 주제에 관해 논쟁을 벌이고, 양떼들을 죽이고, 포도주 자루를 찢고, 당연히 뺨도 몇 차례 맞았다. 그러고도 또 괴상망측한 모험들에 연루되었지만, 그는 지치지도 않고 토보소의 둘시네아를 찾았다.

돈키호테의 모험이 진전되면 될수록 조르주의 사랑도 깊어만 갔다. 유령 같은 사내와 그의 시종이 벌이는 기이한 일화들을 읽느라 눈이 빠질 지경이 되기도 했지만, 자셍트가 자기 테이블 가까이 다가오기라도 하면 숨도 쉴 수 없을 만큼 힘들어졌다.

그리고 두 번째 주 금요일 저녁, 조르주는 이날을 잊을 수 없을 것이다. 그가 스낵바에 도착하자마자 자셍트는 테이블 위에 콜라를 갖다 놓더니, 아직 펼치지도 않은 책 위에다 자기 담뱃갑을 올려놓았다.

"불 좀 붙여 줄래? 래리가 보고 있어서 그래. 저번에 벌금 문 적이 있거든. 단속반이 나왔을 때 다른 종업원이 담배 피우고 있다가 말이야."

그녀는 속사포처럼 내뱉었다. 조르주는 멍하니 바라보고만 있었다.

"불 안 붙일 거야?"

이 말은 명령이나 질문이라기보다는 속삭임이요, 애무였다.

모범생이자 책벌레인 조르주는 지금까지 담배라고는 손끝에도 대 본 적이 없었다. 하지만 담뱃갑에서 한 가치를 꺼내 입술 사이에 끼워 물고는, 진땀나는 손으로 터키색 일회용 라이터를 집어 들었다. 톱니바퀴처럼 생긴 부싯돌을 어설프게 돌려 보았다. 불꽃이 너무 약했다. 그러자 자셍트가 그의 손 위에 자기 손을 얹은 채로 부싯돌을 돌렸다. 생생한 불꽃이 소년의 얼굴을 밝혔다. 합쳐진 두 사람의 손이 담배 끝에 불을 갖다 댔다.

조르주는 눈을 감을 생각도 못한 채 담배를 조심스레 빨아들이며, 타오르는 작은 불꽃에 그윽한 눈길을 보냈다. 다행히 콜록거리지도 않았다. 자셍트는 손가락 사이에 담배를 끼우고 붉은 입술로 가져가더니, 이번엔 자기가 한 모금 빨아들였다. 그런 다음, 재떨이 가장자리에 담배를 올려놓고는 가벼운 걸음으로 카운터 쪽으로 가 버렸다.

조르주의 오른쪽 눈에서 눈물이 흘러 내렸다. 무슨 까닭이었을까? 연기 때문에? 아니면 복받쳐 오른 감정 때문에?

조르주는 라이터를 주머니에 쑤셔 넣었다. 무슨 일이 있더라도, 불붙

이는 기술을 제대로 익혀야 했다.

여자 셋이 깔깔대며 문을 밀고 들어오더니, 한바탕 호들갑을 떨고는 창가 쪽 테이블에 자리를 잡았다.

소스 뿌린 감자튀김을 가져다주면서 자셍트는 또 한 모금 연기를 내뿜었다. 그것은 입맞춤 같은 것이었다. 둘 사이에서 이런 일은 무언의 관례처럼 되어 있었다.

어느새 스낵바에 크리스마스 장식이 등장했다. 놀라는 조르주에게 자셍트는 벌써 일주일이나 되었다고 일러 주었다.

"올해는 작년보다 좀 늦은 거야."

그러나 조르주가 놓치지 않은 변화도 있었다. 스낵바가 점점 더 북적거린다는 것이었다. 자셍트의 매력 덕분일까? 크리스마스 시즌이기 때문일까? 아니면 그저 우연일까? 하긴 조르주가 이곳에 책을 읽으러 오듯, 다른 사람들이라고 오지 말라는 법은 없었다.

그러나 다른 손님들은 책을 읽을 필요가 없었다. 대개가 학생인 그들은 거리낌 없이 신나게 떠들어 댔다. 웃고, 마시고, 먹으면서.

사랑에 빠진 소년은 커다란 거울을 통해 자셍트의 분주한 움직임을 계속 좇았다. 그녀는 줄곧 웃는 얼굴로 자기에게 말을 거는 사람들에게 일일이 응수하고 있었다. 그러면서도 가끔씩 조르주에게 와서 눈을 찡긋하며 괜찮으냐고 묻곤 했다.

하루는 조르주의 동생인 트위스트가 불쑥 들어왔다. 음악가라도 된 양 거들먹거리는 동생 패거리들은 쉴 새 없이 수선을 피웠다.

“형, 여기서 죽치고 있었구나!”

트위스트가 지나가며 한마디 던졌다. 조르주는 책에다 코를 박고 있었다. 돈키호테는 자기 시종에게 섬 하나를 선물로 주겠다고 약속했는

데. 그 섬에는 식인종들이 바글거린다. 하지만 트위스트에게 이 얘기를 해 줄 필요는 없었다. 무슨 소리인지 알아들을 리가 없으니까.

처음으로 조르주의 뺨 위에 표시가 나타났다.

막 집으로 돌아가려는 순간이었다. 의자에서 일어서며 거울에 비친 얼굴을 흘끗 보는데, 뭔가 퍼런 것이 조르주의 눈에 들어왔다. 뺨에 멍이 들어 있었다. 화장실에 가서 들여다보니, 기이한 자국은 더 짙어져 있었다. 손가락에 물비누를 묻혀 뺨을 세게 문지르며 씻어 보았지만, 소용없었다. 오히려 살이 빨개지면서, 시퍼런 멍이 더 두드러졌을 뿐이다.

조르주는 테이블로 돌아와 소설책을 배낭에 집어넣고 급히 가게를 빠져나왔다. 자셍트는 말싸움이 벌어진 테이블에 정신을 쏟느라 그를 보지도 못했다.

집에 돌아왔지만, 얼굴을 비춰 볼 틈도 없었다. 괴상한 머리 모양을 다듬는답시고 트위스트가 욕실을 독차지하고 있어서였다.

"형, 어디서 한 대 맞았어?"

조르주는 트위스트 옆으로 얼굴을 들이밀고 거울을 보았다. 자기 얼굴에 그림이 그려져 있었다. 조르주는 거울 가까이 얼굴을 대고 나서야 그것이 사람의 형상이란 걸 알아볼 수 있었다. 눈 아래쪽에 남자의 머리가 찍혀 있는 것이었다. 귀스타브 도레가 그린 돈키호테의 비쩍 마른 얼굴이었다.

조르주는 손가락 끝으로 그림을 만져 보았다. 책에다 뺨을 대고 있었나?

"이걸 어떻게 없애지?"

조르주는 한숨을 쉬었다.

"난들 어떻게 알겠어? 저절로 없어지겠지."

하지만 동생의 말처럼 저절로 없어질 것 같진 않았다.

저녁 먹는 내내 조르주는 테이블에 팔꿈치를 대고, 주먹으로 광대뼈를 받친 채로 앉아 있었다. 누가 봐도 심술이 잔뜩 난 모양새였다. 얼굴의 자극이 그를 고문하고 있었다.

트위스트는 왜 죽을상을 짓고 있냐고 했고, 엄마는 어깨를 한 번 으쓱 올렸을 뿐이다. 엄마는 이해한다거나, 이해하려고 애쓴다거나 하는 적이 거의 없었다. 그리고 아버지는……

아버지는 없었다. 삼 년 전부터.

그날 저녁, 조르주는《돈키호테》두 권을 가방 속에서 잠재웠다. 대신 프레베르 시집*의 잠을 깨웠다. 두 손으로 시집을 들어 보았다. 이 시집은 세르반테스의 소설보다 훨씬 가벼웠다.

* 프랑스 시인 자크 프레베르(1900~1977)의 장문의 풍자시 <프랑스 파리 우두머리들의 만찬에 관한 소고>를 일컫는다.

프레베르에게는 뭔가 어린아이 같은 구석이 있었다. 환상 앞에선 아주 신랄하면서도, 단순한 것들의 아름다움 앞에선 감동받는 아이 같은. 그의 내면에 감춰진 미소는 담배 연기 속에서도 사라지지 않았다.

그리고 밤 12시 30분, 조르주가 머리맡에 놓인 램프로 손을 내미는 순간, 왼손의 팔뚝 안쪽에 파란 색 글씨들이 가득 나타났다. 다음과 같은 내용이었다.

한낮처럼 아름답고
궂은 날씨처럼 고약한 이 사랑.*

12월을 여는 첫날 밤의 싸늘한 비가 유리창을 때렸다.

푸른 잉크로 그려진 늙은 돈키호테는 아침에도 여전히 뺨에 남아 있었다. 책에 미친 고집스런 기사답게, 전날보다도 더 짙어진 채로 지독하게 들러붙어 있었다. 프레베르의 시구도 팔뚝에 그대로 있었다. 지워지지 않는 사랑의 낙서였다. 혹시 조르주 자신이 그걸 필요로 했던 건 아닐까.

조르주는 아버지가 남긴 물건들을 뒤졌다. 그리고 트위드 천으로 만든 영국 스타일의 커다란 야구 모자를 꺼내 눈을 덮을 정도로 꾹 눌러 썼다.

* 자크 프레베르의 시 <이 사랑>의 일부.

Le liveur

학교에서는 조르주를 눈여겨볼 사람이 아무도 없었다. 어떤 장난꾸러기는 벌써부터 비버 해트를 쓰고 굴뚝 청소부 흉내를 내며 설치고 다녔다. 털모자를 쓴 녀석들도 꽤 있었고, 야구 모자들은 부지기수였다.

사랑의 시구를 감추는 것은 쉬운 일이었다. 스웨터를 입는 것으로도 충분했다.

조르주는 하루 종일 아는 사람들을 피해 있었다. 평소와 다른 모습을 보고 릴리안이 말을 걸어 올 수도 있었기에, 조르주는 급히 해야 할 숙제가 있다는 핑계를 대고 도서관 구석에 웅크리고 있었다. 아니, 누가 물으면 그렇게 대답하기로 작정을 하고 있었다는 게 맞다. 그러나 아무도 그의 부재를 눈치 채지 못했다. 조르주는 이렇게 혼자 앉아 장 메르모즈의 일대기를 읽어 보기로 마음먹었다. 메르모즈는 조르주가 언젠가 읽고 감동받았던《야간 비행》을 쓴 생텍쥐페리의 동료 비행사였다. 돈키호테는 피하고 싶었다. 프레베르도 마찬가지였다. 이들을 대신할 작가로 메르모즈를 택한 것이었다.

오후 느지막하게 눈이 내렸다. 매섭고 날카로운 눈발이 바람에 날리며 얼굴을 때렸다. 야구 모자를 쓰지 않았더라면, 눈도 제대로 뜰 수 없었을 것이다.

몸이 꽁꽁 얼어붙은 채로 숨을 헐떡이며 스낵바에 들어서는데, 퓨롤레이터 택배 회사 유니폼이 눈에 들어왔다. 이 옷을 입고 카운터에 앉아 있는 저 남자는 지금 배달을 하고 있는 걸까? 배달원이 레스토랑에서 노닥거릴 시간이 있을까? 게다가 자셍트는 그에게 커피까지 주고 있잖

아. 조르주는 넋이 나간 몽유병자처럼 비실비실 자기 테이블로 향했다.

자셍트가 조르주에게 의미 있는 미소를 보냈다. 카운터 뒤에 선 채로 소리는 내지 않고 입술만 움직였다. '평소처럼 주면 되지?'

조르주는 머리를 끄덕였다. 그러고는 거울에 비친 자기 모습을 보았다. 거센 바람 탓이었을까? 발개진 뺨엔 돈키호테가 사라지고 없었다.

이번엔 코트를 벗고, 스웨터의 소매를 걷어 보았다. 자크 프레베르의 시구도 깨끗이 지워지고 없었다.

콜라와 감자튀김을 내미는 자셍트는 어딘지 모르게 초조해 보였다. 얼른 한 마디만 내뱉었을 뿐이다.

"비행기가 멋진데."

그녀는 손톱 끝으로 조르주의 귀 아래쪽 목을 톡 건드리고는 카운터 뒤로 돌아갔다.

무슨 소리인지 알 수는 없었지만, 조르주는 자셍트의 가벼운 애무에 전율을 느꼈다. 조르주는 거울 앞에서 목을 빼고 자신의 모습을 들여다보았다.

낡은 소형 비행기 한 대가 귀 밑을 날고 있었다. 오래전에 비행사들이 안데스 산맥 너머까지 우편물을 싣고 날았다는 것과 비슷하게 생긴 작은 비행기였다.

메르모즈, 라고 조르주는 중얼거렸다.

자셍트에게 이런 당혹감을 털어놓을 수 있다면 좋으련만. 하지만 그녀는 다른 데에 정신이 팔려 있었다. 그것도 바로 앞 카운터에서.

그녀는 아주 작은 소리로 속닥거리고 있었다. 무슨 얘기를 하는지 알아들을 수 없었지만, 어떤 내용인지는 짐작할 만했다. 그런 특별한 대화의 상대가 고작 배달원이라니.

남자 역시 자셍트에게 무슨 말인지 속삭였다. 전부터 그녀와 잘 아는 사이인 듯했다. 둘은 서로 닮은 데가 있었다.

이런저런 생각들이 조르주의 머릿속에서 진흙처럼 엉겨 붙었다. 탐험가가 늪에 빠져들듯, 조르주도 복잡한 의문에 빠져들었다.

이 배달원은 대체 어디서 튀어나온 거야? 예전 친구? 다른 곳에 사는 친구? 다시 찾은 친구? 옛 애인? 아니면 애인이 될지도 모르는 사람?

파란 유니폼을 입고 담배를 손에 쥔 그는 새로운 삶을 함께하자고 프로포즈하러 온 것일지도 모른다. 그는 자셍트에게 찾아온 기회일까? 그는 타향살이하는 그녀에게 희망이 될 수 있을까? 질투 같기도 한 그 무엇이 조르주의 가슴속으로 스멀스멀 파고들었다. 그 느낌은 벌레보다는 바이러스에 가까웠다. 사람을 죽일 수도 있고, 난폭하게도 만들고, 숨 막히게도 하는…….

자셍트는 또 무슨 얘기를 하고 있는 걸까? 외로움? 혼란? 남편이나 시집 식구들과의 갈등? 그렇다면 지금껏 조르주의 마음을 휘저어 놓았던 모든 사연을 털어놓고 있단 말인가. 때로는 쾌활한 척, 때로는 뾰로통한 얼굴로 그 모든 시름을 감춰 온 그녀였는데.

이번엔 래리가 주방문에 나타났다. 험상궂은 눈초리였다. 질투였다. '나도 저 사람처럼 질투하고 있는 것일까?'

조르주의 가슴만큼이나 래리의 눈에도 불이 붙어 있었다. 한가한 시간이라, 자셍트가 소곤거리는 소리에 더 신경이 쓰이는 것 같았다. 그러나 요리사는, 배신당한 곰처럼 자기 소굴로 다시 숨어들었다.

소년은 그때 보고 싶지 않은 장면을 보았다. 자셍트가 담배에 불을 붙이더니 손님 앞 재떨이에 올려놓은 것이다. 파란 유니폼을 입은 남자는 담배를 집어 들어 자기 입으로 가져갔다. 두 사람 사이에서 피어오르는 연기는 하트 모양도 해골 모양도 만들지 않았다. 연기는 그저 둘 사이의

공모를 드러내며, 《돈키호테》의 독자를 상심시킬 뿐이었다.

소년은 주머니에 들어 있던 잔돈을 테이블 위에 꺼내 놓았다. 그 소리가 사랑하는 여인의 주의를 끌기 바란 것이다. 그러나 바로 그 순간, 문이 열리며 한 떼거리가 들어왔다. 남자 둘과 여자 셋. 그들이 들어오자, 차가운 기운도 따라 들어왔다. 조르주는 문이 다시 닫히기 전에 그곳을 빠져 나왔다. 목에 머플러도 두르지 못한 채.

작은 비행기는 날개 가득 겨울을 싣고 날았다.

그날 밤, 조르주는 침대에 누워 터키색 라이터를 켜고 자기 배를 비춰 보았다. 알 듯 모를 듯 수수께끼 같은 미소를 지으며 자셍트가 그를 향해 다가오고 있었다. 마치 그의 입 안으로 들어오기로 작정이라도 한 듯했다. 그는 라이터돌을 누르고 있던 엄지손가락이 얼얼해져서 불을 껐다. 하지만 곧 후회했다. 불을 다시 붙였을 때에는 그녀가 사라지고 없었던 것이다. 눈이 따가웠다. 눈꺼풀도 뜨거웠다.

그 뒤로 자셍트는 아무리 마술의 힘을 빌리려 해도 다시는 나타나지 않았다. 그 환상은 머릿속에만 맴돌 뿐, 살 위로 나타나진 않았다.

다음 날, 조르주는 또다시 스낵바로 가 보지 않을 수 없었다.

배달원과 자셍트가 카운터에서 담배 한 대를 가지고 나눠 피우고 있었다. 조르주의 자리는 비어 있었다. 조르주는 거기에 앉아서 모든 것을 다 지켜볼 수 있었다. 가슴이 다 문드러지는 것 같았다.

눈앞에서 벌어지는 장면 때문에 책에 집중하는 건 도저히 불가능했다.

조르주는 황당한 계획을 세우고 있었다. 아, 시간을 넘어 저 우주로 자센트를 보내 버릴 수는 없을까! 상대성의 원리에 따르면, 우주여행을 하는 사람은 지구 사람들이 열 살 먹는 동안 한 살밖에 안 먹는다고 하지 않던가.

하지만 그녀가 지금처럼 젊은 모습을 그대로 간직하고 있을지는 알 수 없다. 아기는 열 살이 되어 있겠지. 배달원은 제법 늙어 있을 테고…….

조르주는 스물일곱 살이 되겠지만, 그래도 자셍트를 잊지 않고 있을 것이다. 직업을 갖고, 돈도 조금 벌어 놓고, 그녀를 맞아들이기 위한 인생 계획도 세워 놓았겠지.

그러나 자셍트는 과연 지금 일어나고 있는 이 희한한 일을 그때에도 기억할까?

"몸에 그림이 나타났던 학생이 바로 나예요."

자셍트는 그 소년이 자신을 좋아했다는 사실을 그때에도 기억할까?

이 모든 것은 상상일 뿐이다. 지금 당장은 다른 사람들의 상상 세계 속에 죽치고 있을 수밖에 없다. 내용은 뒤죽박죽 잊어버리기 일쑤지만.

저녁마다 조르주는 소스 뿌린 감자튀김과 콜라와 책들과 함께했다. 스낵바의 분위기는 변해 갔다. 자셍트도 변해 갔다. 조르주의 기를 꺾으려고 그러는 것인지 배달원도 날마다 출근하다시피 했다. 사실이야 어떻든, 조르주로서는 그렇게 느낄 수밖에 없었다. 게다가 주방 문에 모습을 드러내는 래리와도 점점 더 자주 눈길이 마주쳤다. 그러나 래리는 다른 어느 때보다도 분주하게 냄비들과 씨름을 해야 했다.

학교가 끝날 시간쯤 되면 스낵바는 활기를 띠었다. 웃음소리, 고함소리, 농담들이 여기저기서 터져 나왔다. 조르주의 이야기에 등장하는 엑스트라들의 흥겨움은 커다란 거울에 비춰지면서 더욱 커졌다. 그리고 자셍트는 일이 바쁘기도 했거니와 배달원의 존재에 정신이 팔려, 예전 같지가 않았다. 물론 감자튀김에다 조르주가 좋아하지도 않는 소스를 뿌려 주는 건 잊지 않았지만, 그의 곁에 머물러 있는 법은 없었다. 조르주는 버림받은 느낌이었다. 산초가 없는 돈키호테, 아무 선물도 받지 못한 크리스마스, 낙타 없는 베두인 족, 배를 잃은 선원…….

미스터 택배는 카운터에 죽치고 앉아 자셍트의 담배를 피워 댔다. 동굴 속의 식인귀는 주방 문턱에서 불을 지폈다.

젊은이들의 웃음소리는 추운 날씨도 누그러뜨리는 듯했다. 처음으로 눈 같은 눈이 내렸다. 며칠씩이나 녹지 않고 있는 눈에 파묻혀 버릴 것만 같았다. 조르주는 스낵바에 머무는 것이 마치 고문당하는 듯 괴로워서, 10분도 채 못 버티고 도망 나왔다. 집으로 돌아온 조르주는 새로운 시를 발견했다. 다른 어느 시간보다도 더 찰싹 들러붙어 있는 낱말들. 그의 몸 전체가 슬픔으로 덮여 있었다.

네가 울던 그 시간을 애도하리니.
무릇 시간이 다 그러하듯
그 시간도 살같이 지나가리라.*

또, 어떤 때에는 잔인한 문구들로 도배되기도 했다. 악몽 그리고 보들레르…….

그녀가 내 뼈의 골수를 다 빨고 나서,
기운 빠진 내가 그녀에게 몸을 돌려
사랑의 입맞춤을 하려 했을 때, 나는 보았다.
고름으로 가득 찬 끈끈한 부대 자루를!**

한 문장이 사라지기까지 몇 시간씩 걸릴 때도 있었다. 대개는 한 문장이 사라지고 나면 다른 문장이 대신 나타났다. 그것은 살 위에 그려지는 절망이었다. 그럴 때마다 조르주는 중얼거렸다.

* 프랑스 시인 기욤 아폴리네르(1880~1918)의 시 <라상테 감옥에서>의 일부.
** 프랑스 시인 샤를르 보들레르(1821~1867)의 시 <흡혈귀의 변신>의 일부.

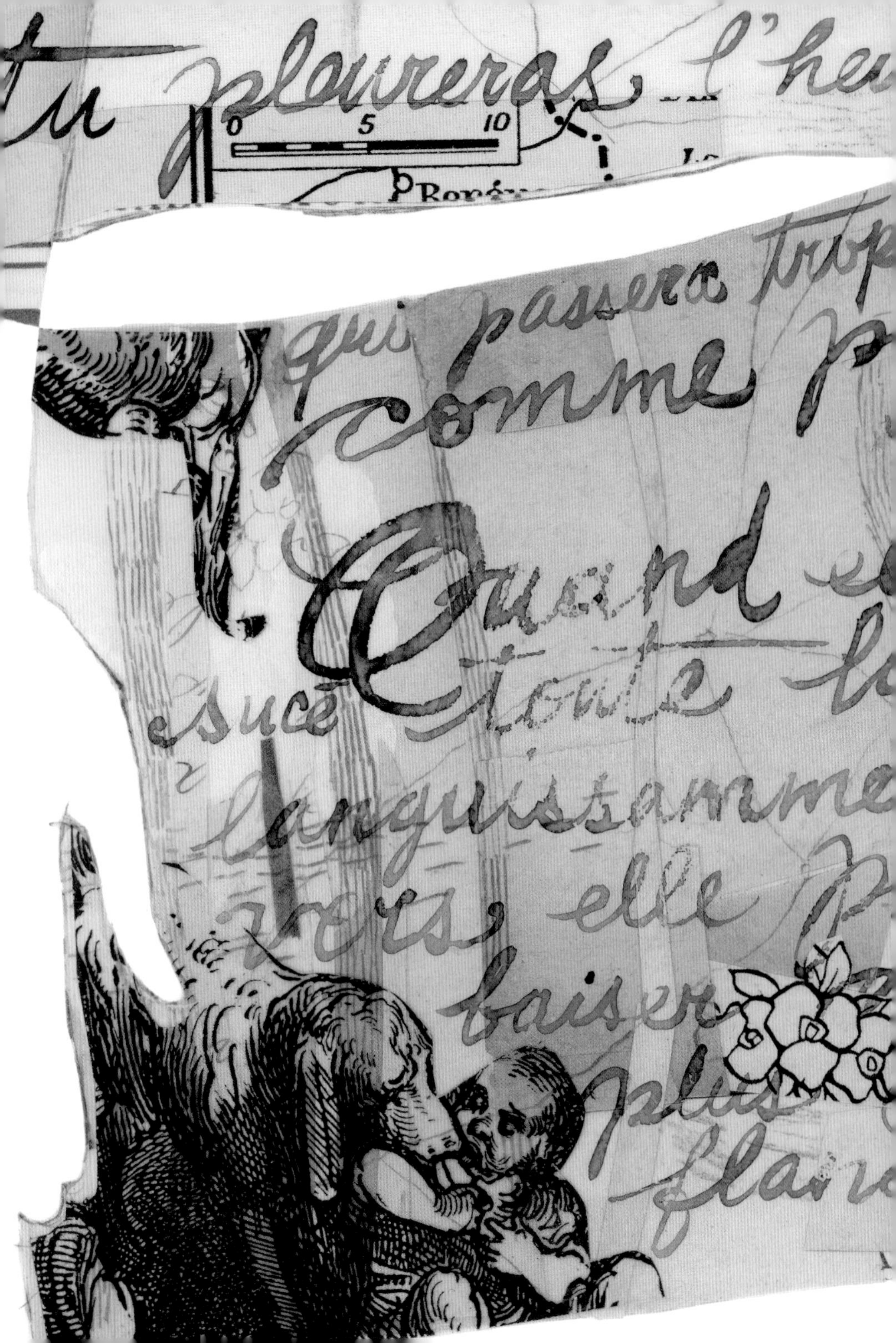

tu pleureras l'heu

0 5 10

qui passera trop

comme p

Quand e

sucé toute l

languissamme

vers elle p

baiser

plus

flan

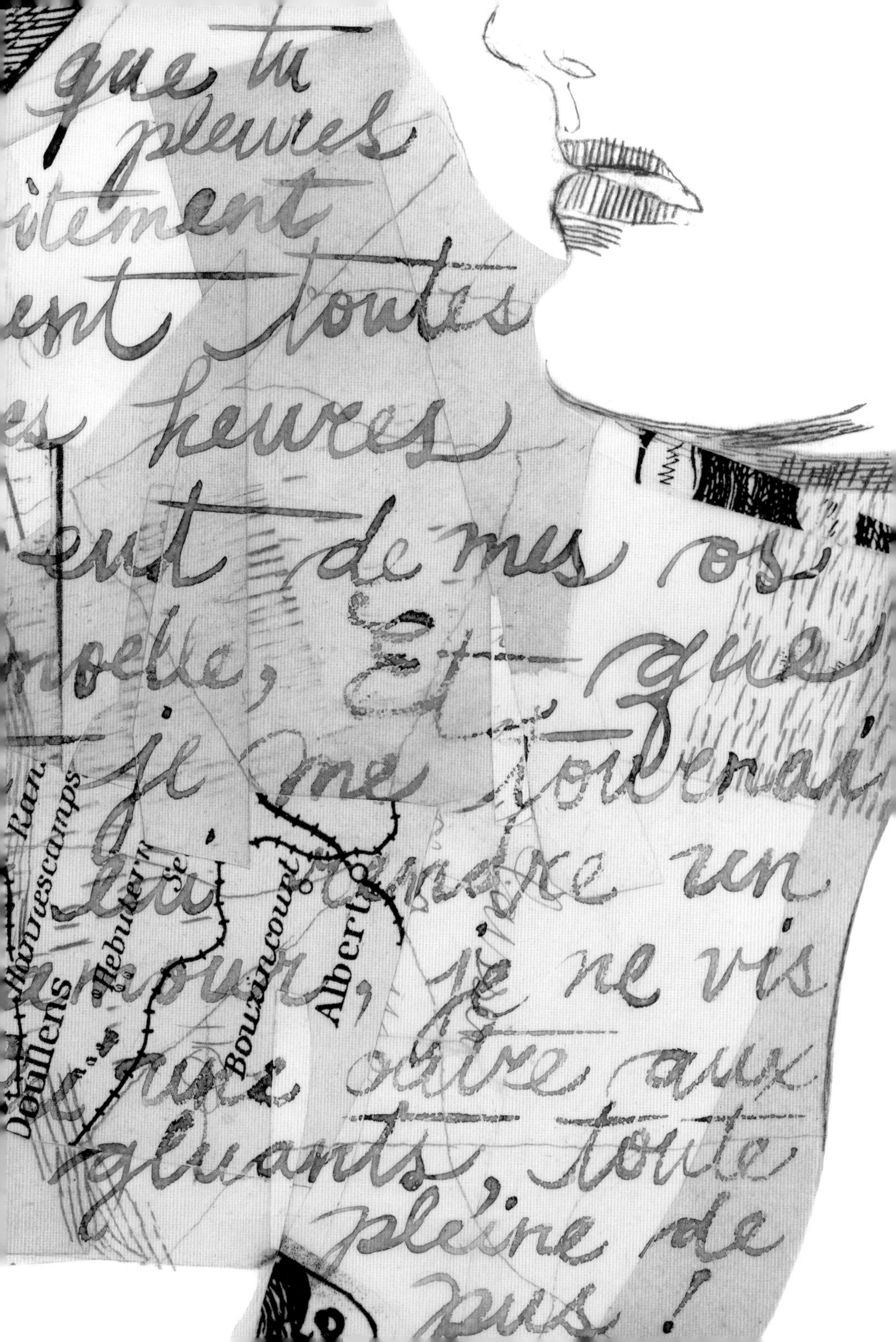

que tu
pleures
itement
ent toutes
es heures
eut de mes os
moelle, Et que
je me tournai
lui rendre un
amour, je ne vis
rue autre aux
gluants toute
pleine de
pus !

Ran
Hebutern
Se
Doullens
Bouzincourt
Albert

"세상 사람들의 죽음을 내가 대신 다 겪는군."

글자들을 밀어내고 이미지가 자리를 차지할 때도 있었다. 고통에 대한 두려움을 나타내는 그림이 온몸을 뒤덮기도 했다.

조르주는 몸을 감추기 위해 더 겹겹이 에워쌌다.

밤이면, 방 유리창에 비치는 그의 몸뚱이는 별의별 기이한 모양을 다 보여 주었다. 어지러운 만화, 문신으로 뒤덮인 화폭, 낙서투성이 소년, 망상이 그려진 카드…….

밖에 나갈 때마다 조르주는 중무장을 했다. 눈은 야구 모자로, 입은 목이 긴 스웨터로 가렸다. 고함을 지르고 싶어 죽을 지경이었지만, 억지로 참았다. 그 대신 피부가 절규하고 있었으니까. 미친 잉크가 그를 갉아먹고 있었다.

독을 주사할 혈관을 찾고 있는 바늘처럼, 또 다른 문제 하나가 조르주를 집요하게 괴롭히고 있었다. 자기가 두 눈으로 지켜보고 있지 않는 동안 자센트의 삶에 어떤 일이 일어나고 있을까, 하는 궁금증이었다. 아기, 남편, 시집 식구들, 자기가 한때 좋아했던 릴리안, 이 사람들 모두가 그녀를 어떤 식으로든 괴롭히고 있지는 않을까? 그리고 래리의 질투 어린 눈길은? 혹시 이 그리스 남자와 무슨 사건이라도 있었던 걸까? 배달원과 눈이 맞으면서, 식당 주인의 계획에도 어떤 차질이 생긴 걸까? 그리고 조르주 자신은 이런 삼각관계 안에서 도대체 어쩌겠다는 건가? 자신의 존재 가치는 무엇이고, 비중은 얼마란 말인가? 진실이라고 믿었던 감정들은 한낱 부질없는 착각에 지나지 않았던 것일까? 자신도 돈키

호테 같은 부류에 지나지 않는 것일까? 젊긴 하지만 병들어 있는 자신을 생각하면 당당하게 나설 수가 없었다.

조르주는 진지하지도 못했다.

열일곱 살엔 누구도 진지하지 않네.*

조르주는 이제 열일곱 살이 아니었다. 그의 얼굴 위에, 팔뚝에, 동맥에 한 세기가 담겨 있었다.

조르주는 그러면서도 한결같이 스낵바로 향했다. 어느 날 저녁에는 미스터 택배의 뒤를 따라가 보기로 했다.

경쟁자의 발자국을 지우기라도 하려는 듯, 조르주는 눈 위로 신발을 질질 끌며 걸었다. 상대는 전혀 눈치를 못 채고 있었다. 하긴 자기를 몰래 미행하는 자가 있으리라고 어떻게 짐작이나 하겠는가?

그 남자는 스낵바에서 그리 멀지 않은 작은 길가에 살고 있었다. 창문에서 불빛이 새어 나왔다. 아래층에 놓인 크리스마스트리에 불이 밝혀져 있었다.

배달원이 문을 밀었다. 한 아이가 그를 맞으러 뛰어나왔다. 유리창 너머로 그가 까무잡잡한 어린 여자아이를 안아 주는 모습이 보였다. 그 다음엔 까무잡잡하면서 더 조그만 남자아이도 안아 주었다. 양팔에 아이들을 안은 그는 집 안쪽으로 사라졌다.

*프랑스 시인 아르튀르 랭보(1854~1891)의 시 <소설>의 첫 대목.

dans les giboulées d'étoiles
de mon ciel
l'éclair s'épanouit
dans ma chair
je passe les poings
durs au vent
j'ai un coeur de
mille
chevaux-vapeur
j'ai un coeur
comme la flamme
d'une
chandelle

한겨울의 냉기 속에 엉덩이를 내놓은 채 남들의 행복에 정신이 팔린 고아들. 조르주는 자신도 그런 고아들과 다를 바가 없다고 생각했다.

집에서 조르주는 유령 같은 존재가 되어 버렸다. 요란한 리듬에 맞춰 쉴 새 없이 무릎을 흔들어 대는 트위스트조차 이젠 감히 그를 놀릴 엄두도 내지 못했다. 스웨터와 머플러와 겉옷을 겹겹이 껴입은 조르주는 모자 속에 두 눈을 감춘 채, 거의 기어 다니다시피 했다.

어느 날 저녁, 조르주는 기겁을 했다. 한 번도 본 적 없는 책의 제목이 어깨 위에 새로 새겨져 있었던 것이다. 《마음은 외로운 사냥꾼》이라는 소설이었고, 작가 이름은 카슨 매컬러스였다.* 조르주는 불안한 마음에 이 책을 어떻게든 빨리 읽어 봐야겠다고 마음먹었다.

다음 날에는 손바닥 하나에 문장들이 지나갔다. 전광판의 뉴스 자막처럼 빠른 속도로 시의 구절들이 지나갔다.

내 하늘의 소나기 같은 별들 사이로
내 몸속에 번개가 친다.
바람 속에서 난 단단한 주먹을 휘두른다.
내겐 천 마력의 힘을 가진 심장이 있다.
내겐 타오르는 촛불 같은 심장이 있다.**

* 미국의 작가 카슨 매컬러스(1917~1967)가 1940년에 발표한 소설.

** 퀘벡 시인 가스통 미롱(1928~1996)의 시 <사랑을 향한 전진>의 일부.

조르주는 알고 있었다. 아무리 씻어 내려 애를 써도 자기가 알고 있는 것들, 자신이 느끼는 것들을 결코 지워 버릴 수 없으리란 사실을. 지식이나 정서적 경험들은 가슴속 깊숙이 자리 잡고 있었고, 가슴속은 과일 껍질 벗기듯 쉽게 씻어낼 수 있는 게 아니었다.

잠도 잘 수 없을 만큼, 꿈도 꿀 수 없을 만큼, 더 이상 살아갈 수도 없을 만큼 그 여인을 사랑하지만 않았다면 조르주는 그만 숨어 버렸을 것이다. 자신의 감정과 생각, 절절한 욕망까지 드러내는 그 글귀들을 더 이상은 내보이지 않았을 것이다.

밤새껏 오토바이 타는 꿈을 꾸고 난 새벽녘이면 그의 몸뚱이는 오토바이 카탈로그처럼 현란해져 있었다.

세상 어디에서도 볼 수 없는 몸이었다. 얼룩지는 몸, 감춰야 하는 몸이었다. 이제는 특별한 소망도 없는 연약한 소년 하나가 머리를 잔뜩 헝클어뜨린 채 공간 속으로 숨어 들고 있었다.

MOTOR
HARLEY-DAVIDSON
CYCLES

하루도 빠짐없이 눈이 내렸다. 크리스마스까지는 일주일 밖에 안 남아 있었다. 크리스마스 캐럴이 세상을 뒤덮었다. 새하얀 길 위에서 조르주는 그림자가 되었다.

어느 때처럼 스낵바에 들어섰다. 카운터에 앉아 있는 배달원은 오늘은 유니폼 대신 두툼한 가죽 반코트를 입고 있었다. 얼핏 보기엔 경직된 모습이었다. 그러나 뜻밖에도 그는 계속 싱글싱글 웃고 있었다. 자셍트도 마찬가지였다. 마치 웃음 짓기 대회에라도 나온 사람들 같았다. 볼썽사나웠다. 배달원은 입으로는 바쁘다고 하면서도 계속 웃고 있었다. 바쁘다는 사람이 시간을 날리며 시시덕거리는 것은 문제다. 그럴 겨를이 없을 텐데 말이다. 그는 실실 웃으며 시간을 끌고 있었다. 깔끔하게 수염을 깎고, 머리를 빗은 데다, 역겨운 로션 냄새까지 풍겼다. 집에서 나오기 직전에 샤워를 한 게 틀림없었다.

"저녁때 갈게."

자셍트가 말했다.

"오늘 저녁 아니면 안 돼."

남자가 눈을 가볍게 껌벅거렸다. 그러고는 천천히 담배를 눌러 끄고, 일어서서 나갔다.

자셍트는 당황한 듯했다. 텅 빈 레스토랑을 훑던 그녀의 눈에 누군가가 들어왔다. 조르주를 알아본 그녀는 슬렁슬렁 다가가더니, 푹 눌러쓴 모자를 들어 올리고 이마를 어루만졌다. 조바심 내고 있는 마음을 보여주듯, 조르주의 이마에서는 수많은 모래시계들이 부지런히 모래를 떨어뜨리고 있었다. 조르주는 빨리 어른이 되고 싶었다. 어서 힘을, 영감을 갖고 싶었다. 자기가 사랑하는 여인이 울고 있는 걸 보는 것도 괴로운데, 자신의 아픔까지 털어놓고 싶진 않았다. 사랑하는 여인이 우는 걸 보는 것보다 더 안타까운 일은 없었다.

가슴이 부글부글 끓어오르며 요동을 치자, 몸뚱이 위의 그림들이 마구 뒤섞이며, 어두워지고, 혼란스러워졌다. 몸에서 잉크가 새어 나오고 있었다. 검은 잉크였다.

자신이 무슨 말을 했는지, 그 가게를 어떻게 빠져나왔는지 그는 전혀 알지 못했다. 한참 뒤에야 비로소 기억이 났다.

조르주 P. 라는 이름을 가진 소년이 눈 속에서 갈 곳을 잃고 헤매고 있었다. 길모퉁이 공원으로 들어가 보았다. 벤치들마저 하얀 늪 속으로 사라져 보이지 않았다. 눈의 무게 때문에 흰 나뭇가지들은 얼어 버린 유령 같았다. 소년은 집으로 가는 방향을 찾으려고 애를 썼다. 몸을 돌려 보니, 뒤에서 검은 발자국들이 따라오고 있었다. 자기가 자기를 따라가는 셈이었다. 덜덜 떨면서 목이 긴 스웨터 안으로 턱을 들이밀고 입술을 깨물었다. 비틀비틀 앞으로 걸어갔다. 그리고 집에 들어가서는 자신의 방으로 뛰어 들어가 침대 위에 고꾸라졌다. 아무 것도 먹지 않고, 잠에 덜미가 잡힌 사람처럼 꿈도 꾸지 않고 잤다. 하얀 밤 안에 갇힌 소년은 듣지도, 보지도, 말하지도 못하는 돌덩어리였다.

잠에서 깨어났지만, 조르주는 기진맥진해 있었다. 맞은 기억이 없는데도, 마구 두들겨 맞은 것처럼 아팠다. 통증의 뿌리를 찾아낼 수가 없었다. 그가 하는 불가능한 사랑, 터무니없는 사랑처럼 그 뿌리도 내면 깊숙한 곳에 박혀 있으리라.

집은 비어 있었다. 늦은 아침이었다. 엄마와 동생이 그를 깨우려고 애쓰긴 했을 것이다. 어쩌면 너무 이상해진 그에게 관심을 보이지 않기로 작정했을 수도 있다. 하긴 남에게 관심을 쏟을 사람이 이 집에 누가 있던가?

욕실 거울 앞에 섰다. 그러나 조르주는 자신의 모습을 알아볼 수가 없었다. 몸뚱이 어디에도 낱말 하나, 그림 하나, 문장 하나 남아 있지 않았다. 피부는 하얘서, 너무 하얘서 창백하기까지 했다. 그리고 수염이 조금 자라났다. 다시 태어난 걸까? 다른 모습으로 세상에 돌아온 것일까?

조르주는 트위스트의 면도기로 머리를 밀었다. 1센티미터도 안 될 정도로 짧은 머리만 남겨 놓았다. 그러고는 랭보의 시집을 가방 안에 넣었다. 귀퉁이가 닳은 그 작은 책 표지에는 파이프를 입에 물고 걸어가는 한 남자가 그려져 있었다. 아버지가 남겨 놓은 또 하나의 흔적이었다.

시인처럼 천천히 걸어서 조르주는 학교로 갔다. 12월의 아침인데도 꽤 포근했다. 교실에 들어가기 전에 모자를 벗어 가방에 집어넣었다. 그 안에서 모자는 아르튀르 랭보를 만나리라.

라샹브르 선생이 칠판 앞에 서서 수업을 하고 있었다. 다들 귀를 기울이고 있었지만, 조르주는 건성으로 들었다. 철학 수업은 따분했다.

배가 불룩 튀어나온 선생의 입을 통해 들을 때에는 더욱 지겨웠다. 조르주는 랭보의 시구들을 파고들기로 했다. 조르주는 갈구하고 있었다. 향기를, 가볍고 부드럽고 평온한 텍스트를, 자기만큼 젊은 텍스트를……. 그러다가 어느 작품 앞에서 멈추었다. 그것은 겨울과 어떤 입맞춤에 관한 이야기였고, 꿈의 이야기였다.

웃는 얼굴들이 나타났다. 처음엔 조심스런 기색이더니, 점차 뻔뻔하게 웃어 댔다. 압지에 잉크 자국이 퍼지듯, 웃는 얼굴들은 계속 늘어났다. 조르주는 자신의 두 손을 들여다보았다. 손에서도 놀라운 일이 벌어지고 있었다. 손바닥에서 검은 잉크가 솟아오르고 있었다. 먹지를 구기면 아마 그와 비슷하리라.

얼룩들은 곧 글자로 변했다. 양쪽 손바닥에 똑같은 단어가 스무 번 남짓 되풀이하여 나타났다. 입맞춤.

그러나 남들은 조르주의 손바닥을 보지 못했다. 얼굴은 어떨까? 그것은 조르주도 알 수 없었다.

두 손을 이마로 가져가자, '입맞춤'이라는 단어가 얼굴에도 퍼지기 시작했다. 그러더니 웃는 얼굴들이 더 커지면서 글자들을 덮었다.

조르주는 문 쪽으로 뛰쳐나갔다. 선생이 미처 뭐라 할 새도 없이. 그는 텅 빈 복도를 달려 나갔다.

화장실로 빨리 가 봐야 했다. 거울, 거울, 거울!

진실을 보아야 했다……. 만약 진실이라는 것이 있다면 말이다! 자신의 모습을 보아야 했다.

바로 앞에 자신의 모습이 있었다. 눈을 알아볼 수는 있었지만, 가장자리를 따라 시커멓게 칠해져 있었다.

그것은 다름 아닌 광대의 얼굴이었다. 어린 시절 내내 조르주는 광대를 선망했다. 감정의 집약체인 광대의 얼굴은 어린 조르주에게 강렬한 인상을 주었다. 광대는 모든 것을 과장했다. 고통도, 웃음도 부풀렸다. 광대는 분장을 통해 천진한 웃음, 폭포 같은 눈물, 부질없는 시름, 한없이 깊은 절망 같은 것들을 표현했다.

그러나 조르주는 평범한 광대가 아니었다. 메시지를 품고 있는 광대였다. 랭보의 시 구절들이 한데 모이고 연결되면서 입술 주위를 둘러싼 탓에 입이 무지막지하게 커져 있었다. 눈가며 콧등이며 온통 시 구절로 가득했다. 이마에는 굵은 글씨체로 문장 하나가 씌어 있었다. '겨울을 위한 꿈'. 그것은 조르주의 얼굴을 뒤덮고 있는 시의 제목이었다.

겨울이 오면, 우리 함께,
작은 분홍색 기차를 타고 떠나자.
파란 쿠션들이 놓인 폭신한 구석구석은
뜨거운 입맞춤의 둥지가 되고,
우리는 행복에 겨우리라.
창밖에서 어둠의 그림자들이 얼굴을 찌푸려도,
너는 아무 것도 안 보려 하겠지.
눈을 꼭 감고,
사나운 괴물들, 검은 악마들과
검은 늑대들의 무리들이 달려들면
너의 뺨엔 가벼운 상처가 나 있겠지…….
미친 거미 같은 나의 입맞춤이
너의 목을 핥으면…….
너는 고개를 숙이며 속삭이겠지.
"찾아 봐!"
– 그럼 우리는 쉴 새 없이 움직이는
거미를 찾느라 한참을 보내겠지…….

철학 시간에 읽고 외웠던 시가 얼굴에 빼곡하게 새겨져 있었다.

화장실 문 하나가 열리며 에티엔 블뢰가 나왔다. 에티엔은 지겨운 수업을 피하려는 건지, 지겨운 삶을 피하려는 건지 하릴없이 여기저기로 헤매고 다녔다. 화장실에 웅크리고 앉아 있는 것 말고는 할 일도 없는 학교엔 왜 줄기차게 오는 걸까?

"숨어 있는 거야. 숨어 있으면 뭐든 다 보이잖아."

아마 에티엔은 이렇게 대답했을 것이다. 웬만해선 놀라는 법이 없는 에티엔도 이번엔 조르주의 얼굴을 빤히 들여다보았다.

"와, 말 그대로 시인의 얼굴이네. 멋진데."

멋지다고? 어처구니가 없었다. 조르주는 글자들로 가득 찬 얼굴 위로 모자를 눌러썼다.

바깥은 날씨가 화창했다. 조르주는 곧장 스낵바를 향해 갔다. 유리창을 통해 안쪽을 들여다보니 텅 비어 있는 데다, 못 보던 종업원이 테이블을 닦고 있었다.

조르주는 돌아서서 시내 쪽으로 내려갔다. 상가들이 늘어선 번화가를 몇 시간 동안 숨이 차도록 헤매고 다녔다. 눈 위로 염화칼륨이 뿌려진 길은 수많은 사람들의 발길로 지저분해져 있었다. 아무 백화점에나 들어가 보았다. 쇼핑백과 선물 꾸러미를 잔뜩 손에 든 사람들과 쉴 새 없이 부딪쳐야 했다. 게다가 끊임없이 들려오는 캐럴 소리에 짜증이 날 지경이었다.

Rêvé pour l'hiver

...ver nous irons dans un petit
wagon rose avec des
coussins bleus.
...ous serons bien. Un nid de
baisers
...us repose dans chaque coin
fermeras l'oeil moelleux
pour ne
point
noir,
par la glace, gri-
...er soirs, ces
...rs monstruosités
des hargneuses, populace de
démons noirs
tu te sentiras la joue
...s gratignée... Un petit
...iser, comme une folle
...raignée, te courra par le cou...
...t tu me diras: "cherche!"...
...-inclinant la tête, et no...
...drons du temps à trouver cette
tête ...i voyage beaucoup...

구역질이 났다. 겉만 번지르르한 싸구려 크리스마스 장식들, 포장만 화려한 선물들에다 대고 토해 버리고 싶었다.

하늘에서 도시 한복판으로 떨어져 버린 사슴처럼, 조르주는 어쩔 줄 모르고 허둥대고 있었다. 사랑을, 모든 것을 포기하고 돌아온 순간, 그의 곁에 새로운 도시가 생겨나기라도 한 것 같았다. 도시 곳곳에 함정이 도사리고 있었다. 숨고 싶어도 숨을 데가 없었다.

헤매고 다니던 끝에 조르주는 스낵바 쪽으로 되돌아갔다. 평소에 가던 시간보다는 조금 이른 감이 있었다. 그렇긴 해도, 그곳으로 피신해서 자셍트를 기다릴 작정이었다.

크리스마스 장식이 붙어 있는 문을 밀기도 전에 조르주는 보았다. 조르주의 단골 테이블에 더할 나위 없이 평온한 모습으로 앉아 있는 자셍트를. 맞은편에 앉은 사람은 래리였다. 둘은 얘기를 나누고 있었다. 사장은 진지해 보였다. 질투의 화신이라든가, 무찔리야 할 동굴의 괴물 같은 모습은 찾아볼 수 없었다. 이곳에서 할 수 있는 일이 아무 것도 없다는 무력감에 조르주는 그만 발길을 돌렸다.

동지의 기나긴 밤이 오후 시간을 거의 삼켜 버렸다. 녹을 것 같던 눈이 추위 때문에 다시 꽁꽁 얼어붙었다. 조르주는 막막한 심정으로 길 위에 서 있었다. 까딱하다가는 얼어 죽을 수도 있겠다는 생각이 들었다.

북적대는 백화점 거리 한복판에서 미쳐 버릴 것 같았다. 삑삑거리면서 종소리를 내는 전자식 금전출납기 때문에 신경이 곤두섰다. 아홉 시가 되자 가게들은 문을 닫았다. 조르주는 묵을 곳을 찾아 나섰다. 그가 찾고 있던 것은 단지 몸을 녹일 수 있는 곳이 아니었다. 그는 평온함을 원했다.

조르주는 틈만 나면 주차된 자동차의 사이드미러에 대고 얼굴을 비춰 보았다. 얼굴에 급격한 변화가 일어나고 있었다. 경쾌한 랭보의 시에 이어 브뤼겔의 그림이 나타나더니, 그 다음엔 악보들이 자리를 차지했다. 조르주는 악보를 읽을 줄 몰랐다. 그런데 그 자신이 오선지로 바꿔어버린 것이다. 복잡한 악보들이 그의 얼굴을 점령했다. '메리 크리스마스'를 듣지 않으려고 속으로 흥얼거렸던 슈베르트의 〈야상곡〉 악보였다. 그러더니 이어서 노래 가사가 나타났다. 리샤르 데자르뎅의 시였다.

감시의 눈길 아래에서
이름 없는 길 위에서
사막 한 가운데에서
추위와 배고픔과 쇠사슬 속에서
압제에 저항하려
자신의 둥지를 다시 만든다.
더 따뜻하게 더 따뜻하게.
마음은 한 마리 새.*

* 퀘벡의 가수이자 영화감독인 리샤르 데자르뎅(1948~)의 노래 <마음은 한 마리 새> 가사의 일부.

Dans les yeux
des
miradors
dans les rues de nulle part
au milieu des
déserts
de froid de faim et de fer
contre la tyrannie
il refait son nid
plus chaud plus chaud
le cœur est
un oiseau

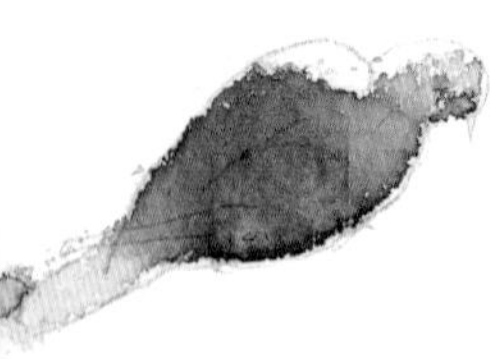

조르주의 목숨을 구해 준 것은 비둘기 가족이었다. 비둘기들은 허물어져 가는 건물의 지붕 장식 아래에 터를 잡고 있었다. 비둘기 똥이 벽을 타고 떨어지면서 벽은 낙서판처럼 엉망진창이 되어 버렸고, 그 똥이 바닥에 쌓이면서 오히려 몸 피할 곳을 마련해 주었다.

조르주는 건물과 건물 사이의 좁은 틈으로 들어가 보았다. 막다른 길이었다. 건물 창문을 덮고 있는 판자들을 떼어 보려 했으나, 손톱만 상했다.

어느 건물의 녹슨 비상계단을 올라갔다. 그리고 널빤지들이 건들건들 붙어 있는 문을 밀고, 깜깜한 건물 안으로 들어섰다. 그곳은 습한 냉기와 암흑의 왕국이었다.

조르주는 주머니 깊숙이 넣어 두었던 라이터를 꺼냈다. 자셍트에게서 훔친 것이었다. 작은 불꽃을 주먹에 쥐고 더듬더듬 계단을 찾아서

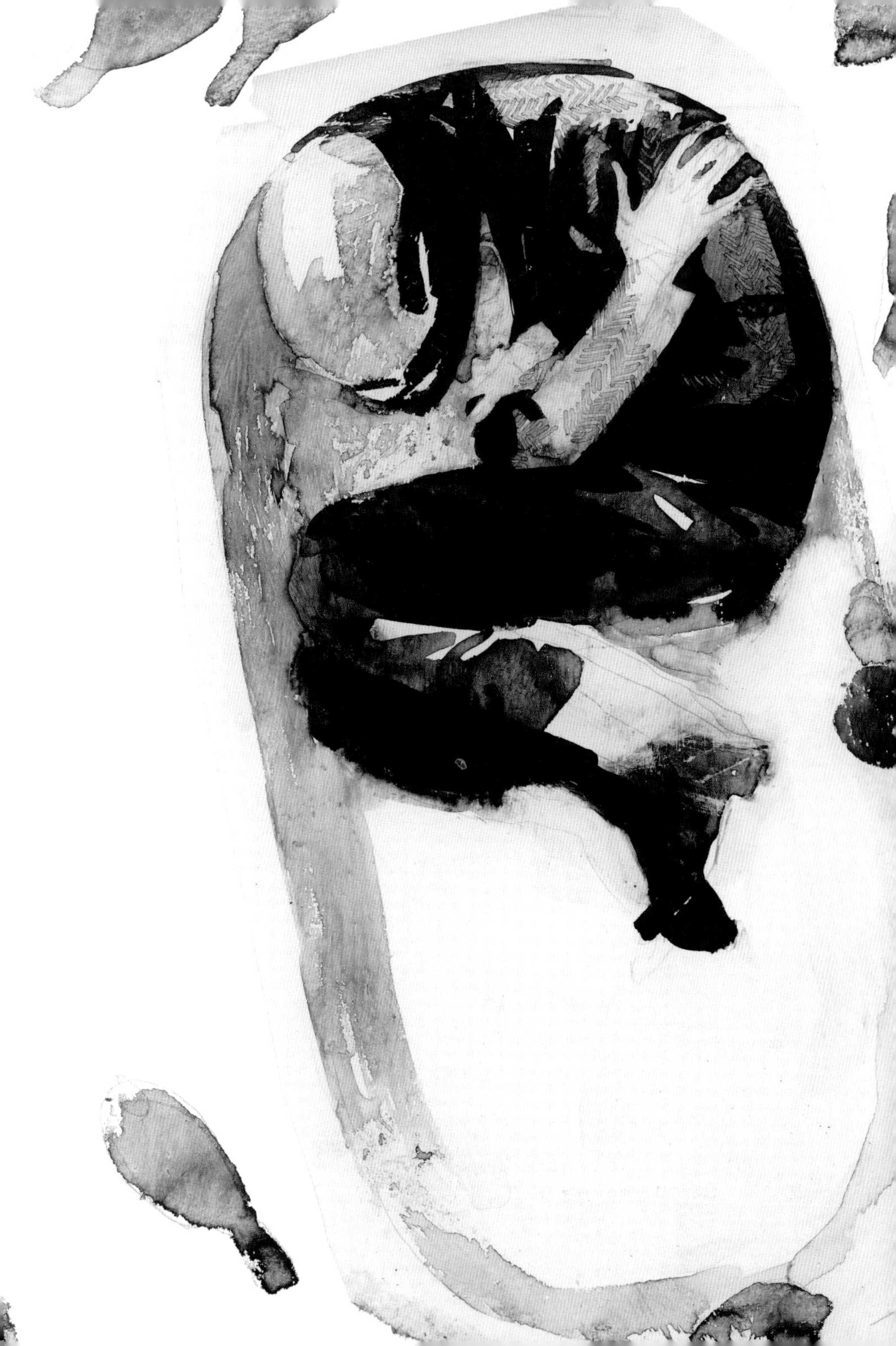

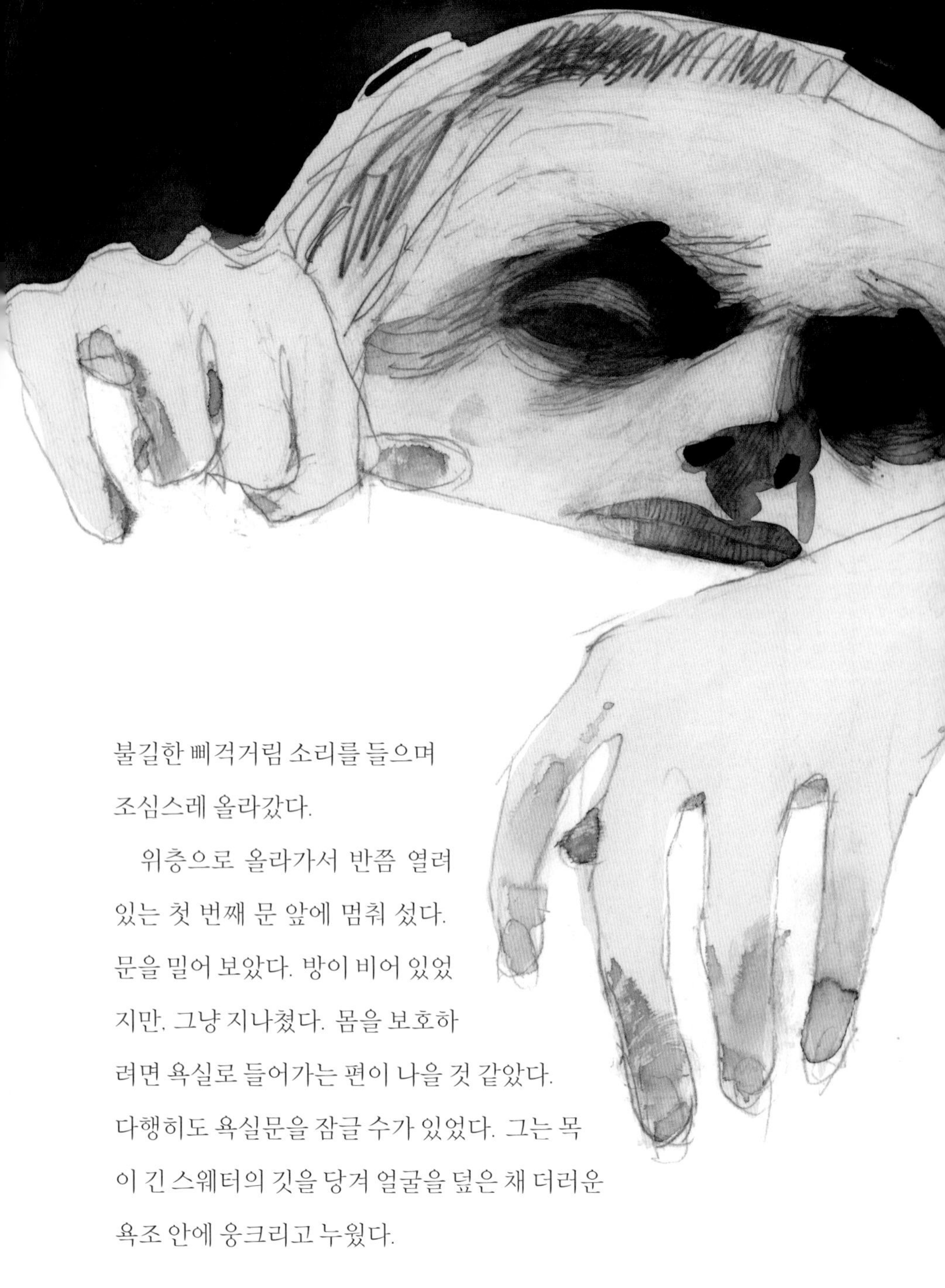

불길한 삐걱거림 소리를 들으며 조심스레 올라갔다.

위층으로 올라가서 반쯤 열려 있는 첫 번째 문 앞에 멈춰 섰다. 문을 밀어 보았다. 방이 비어 있었지만, 그냥 지나쳤다. 몸을 보호하려면 욕실로 들어가는 편이 나을 것 같았다. 다행히도 욕실문을 잠글 수가 있었다. 그는 목이 긴 스웨터의 깃을 당겨 얼굴을 덮은 채 더러운 욕조 안에 웅크리고 누웠다.

숨소리, 입김, 알코올과 담배가 섞인 냄새, 다시 숨소리, 그리고 마른 기침.

조르주는 눈을 떴다. 한 여인이 지저분한 손가락으로 그의 스웨터 깃을 끌어내리고 얼굴을 들여다보고 있었다. 나이를 짐작할 수 없는 그 여인은 얼굴 생김새와 이의 모양이 꼭 너구리 같았다. 언제였던가, 어릴 적에 조르주는 너구리 봉제 인형을 좋아했었다. 그래서일까, 여인이 그의 마음을 흔들었다. 이번에도 여성의 전체가 아니라 한 부분에만 집착하는 건가? 그는 여인을 밀어내고 다시 스웨터 속으로 얼굴을 감추려 했다.

"깨물지 않아."

조르주는 당황스런 눈길로 여인을 바라보았다. 분명히 문을 잠갔는데, 어떻게 들어온 거냐고 묻지 않았다. 자신의 의지대로 들어오려는 사람을 문이 막을 순 없지 않은가.

여인은 덕지덕지 화장을 하고 있었다. 화장을 지우는 데만도 진이 다 빠질 것 같았다. 물론 그녀는 지울 생각이 없어 보였다. 맨얼굴이 드러날까 봐 겁이 나서였을까. 기괴한 화장은 피부를 감춰 주는 게 아니라 오히려 여인이 얼마나 늙었는지를, 그리고 나날의 삶이 얼마나 힘겨운지를 말해 주고 있었다. 불행의 짐은 피부까지 좀먹는 것이다. 여인은 울부짖으며 온갖 상스러운 소리들을 늘어놓고, 더러운 세상에다 욕설을 퍼부었다.

지구 전체에 저주를 퍼붓고 난 여인은 맥이 풀린 듯 지쳐 떨어졌다.

"가까이 좀 와 봐."

"나한테 손대지 말아요."

"안 건드려. 눈으로 보기만 할 거야. 너를 읽어 보려고 그래. 네 얼굴은 …… 꼭 송장 같구나. 그런데도 멋있어. 생명의 조각이랄까……."

"가만 놔둬!"

여인의 등 뒤에서 한 남자의 목소리가 나직하게 울렸다.

여인이 이를 갈았지만, 남자는 여자의 팔을 잡고 끌어냈다. 여인이 발버둥을 쳤지만, 남자는 개의치 않았다. 그런 다음, 남자는 겹겹이 껴입은 옷의 수많은 주머니들 중 하나에서 돋보기를 꺼내어 소년의 이마를 흥미롭게 읽기 시작했다.

자크 M.은 호텔에서 살고 있었다. 시내에 있는 커다란 호텔이었다. 방은 공짜였다. 그로서는 돈을 낼 재간이 전혀 없었으니 잘된 일이었다. 사실 비둘기호텔에선 특별히 제공되는 서비스도 없었다. 직원들은 다 떠나 버렸고, 엘리베이터도 작동하지 않았다. 엘리베이터에게도 버림받은 호텔이라니, 그야말로 심각한 상황을 말해 주고 있지 않은가. 벽은 쓰러질 듯 말 듯 서 있었다. 구멍 난 창문들에는 커다란 널빤지를 붙여, 바람과 냉기가 쳐들어오는 걸 막고 있었다. 그러나 자크에게 정말 필요한 것은 지붕이었다. 아직까지도 비가 새지 않는 공간이 남아 있다는 사실이 중요했다.

비둘기호텔은 한때 굉장한 곳이었다. 그러다가 몇 년 전에 문을 닫게 되었다. 주인은 온데간데없이 사라져 버렸다. 그 건물의 벽들처럼, 주인도 떨어져 나간 것이다. 건물은 전문가들에 의해 '역사 유물'로 지정되었기에, 더더욱 서글프게 보였다.

자크 역시 한때는 잘나가던 사람이었다. 그러나 이젠 그렇지 못했다. 그를 찾는 이는 아무도 없었다. 예전엔 정말 다른 삶을 살았는데……. 그는 자기 나이보다 훨씬 늙어 보였다. 너무 쇠약해진 탓이었다.

몇 년 전부터 자크는 낱말들을 수집했다. 한때 그걸 직업으로 삼았던 적도 있었다. 자크에게는 친구가 많았다. 개중에는 숫자에 관한 대단한 전문가도 있었다. 자크는 그와 가까운 사이였다. 하지만 숫자의 힘을 훤히 꿰고 있어 숫자를 제 맘대로 요리하던 그 친구는 혁혁한 계산의 결과를 들고 떠나 버렸다. 따뜻하고 낯선 어떤 곳으로 갔으리라. 자크는 그대로 남았다. 영문도 제대로 모르는 채, 여기저기서 귀에 딱지가 앉도록 원망만 들어야 했다. 사람들은 그를 사기꾼으로 몰았다. 그는 변명하느라 안간힘을 썼다. 숫자에 관해선 아무 것도 몰랐기에 그의 말들은 아무런 힘도 없었다. 사람들은 그가 숫자를 가지고 나쁜 일들을 꾸며냈다고 의심했다.

자크는 겉으로는 늘 점잖은 모습만 보여 주었다. 그 대신 몸에다가 문신을 했다. 욕설들을 가득 새긴 것이다. 맥없는 목소리마저 나오지 않을 때라도 무슨 말이든 하고 싶어서였다.

이제 자크에겐 낱말들에 대한 사랑 말고는 아무 것도 남은 게 없었다. 그는 호주머니 속의 닳아빠진 수첩에다가 적어도 하루에 하나씩은 새로운 낱말을 적으려고 애썼다. 다른 사람들과 어울려 살아가지 않는 상황에서 그것은 쉬운 일이 아니었다.

자크는 조르주에게 상당한 호기심을 느꼈다. 처음 만난 순간부터 줄곧 그랬다. 이틀 내내, 그는 소년의 오른쪽 어깨에 씌어진 〈돈키호테〉를 읽고 있었다.

너구리 여인은 먹을 거며 담배꽁초며 마실 것들을 구해 오는 데 재주가 있었다. 비틀거리며 꽁꽁 언 몸을 끌고 돌아와서, 불평을 늘어놓으면서도 전리품들을 아낌없이 내놓았다.

그녀는 조르주가 자신의 이야기를 속 시원히 보여 주지 않는다고 나무랐다. 자크에겐 더 크게 읽고 발음을 똑바로 하라고 잔소리를 했고,

Jacques

Raton-laveu

때로는 자기가 놓친 대목들을 요약해 달라고 떼를 쓰기도 했다.

"그렇게 맥 빠지게 읽다간, 송장도 졸겠다."

이런 투덜거림에 자크는 대꾸도 하지 않았다. 그 덕에 두 사람의 티격태격도 결국엔 침묵으로 끝이 났다. 자크가 그러는 건 무심해서가 아니었다. 그보다는 상처를 입지 않는 게 중요하다고 생각했기 때문이었다. 독한 말들은 모두 너구리 여인의 몫이었다.

"문신을 하는 인간들은 상처가 없어서 그러는 거야."

너구리 여인이 말했다. 갈라진 벽의 틈 사이로 들이치는 바람소리에 그녀의 목소리가 반주를 넣었다.

"말도 안 되는 소리하지 말고 꺼져! 어떤 사람들한텐 그게 상처를 숨기는 방식인 거야. 남들한테 자기 상처를 드러내 보이지 않는 품위를 가지려는 거라고. 당신이 화장하는 거나 다를 게 없다니까."

여인은 화장으로 감춘 얼굴 위로 눈물이 흐를까 봐 겁나서인지, 한밤중에 호텔에다 불을 놓을 테니 두고 보라고 되레 악담을 퍼부었다.

돈키호테는 마침내 자기 집 침대에서 가족들에게 둘러싸인 채 죽었다. 그건 기사들에게 흔한 일은 아니었다. 자기 정신을 사로잡았던 기사도 책들을 스스로 부정한 셈이었다.

자크는 목소리를 죽였다.

너구리 여인은 뿌루퉁해 있었다. 결말이 마음에 들지 않는 모양이었다.

조르주는 잠이 들었다. 그의 피부도 피곤하고 지쳐 있었다. 죽고 싶을 정도로…….

조르주가 길고 긴 잠에서 깨어났을 땐 – 며칠 또는 몇 주가 지났는지, 어쩌면 바로 다음 날이었는지 모르겠지만 – 몸 전체가 씻긴 듯 깨끗해져 있었다. 단어들도, 그림들도, 문장들도 다 사라지고 완전히 빈 몸이 된 것은 이번이 두 번째였다. 말 그대로 백지 상태였다. 내내 지켜보고 있던 자크도 이런 사실을 확인했다. 그러고는 그를 창가로 끌고 갔다.

"좋은 계절이 돌아왔군."

이렇게 말하면서 자크는 널빤지로 된 덧창을 밀었다.

어느새 봄이었고, 햇살이 빛나는 오후였다. 거리 전체가 웃음 짓고 있었다. 길 가는 사람들의 발밑에서도 노래가 흘러나오는 듯했다.

"너 이제 나가도 되겠다."

자크의 목소리는 콘트라베이스 같은 저음이었다.

조르주는 떨고 있었다. 따뜻한 옷을 잔뜩 껴입고 스웨터를 끌어올려 목을 감싸고 있는데도, 추워 죽을 지경이었다.

너구리 여인이 들어오며 소리쳤다.

"비둘기 두 마리 잡아 왔어. 맛 좀 보자고."

소년에게는 이 말도 가물가물 들렸다. 열이 오른 얼굴 위로 이야기 하나가 나타났다. 그것은 바로 자신의 이야기였다.

j'aimais les filles.
Toutes les filles
en morceaux. Les épaules
de Nadine B., les mains
de Julie L., les pieds
de Catherine C. Chez
Liliane T. après bien
des espoirs, j'aimais
sa belle-sœur. Elle
servait des
frites sauce
dans un
petit snack-
bar. J'allumais
ses
cigarettes.

나는 여자애들을 사랑했다. 모든 여자애들의 부분 부분을. 나딘의 어깨, 쥘리의 손, 카트린의 발 그리고 릴리안에게도 많은 것을 기대했다. 그러다가 그 애의 올케인 자셍트를 사랑하게 되었다. 그녀는 작은 스낵바에서 내게 소스 뿌린 감자튀김을 주었다. 나는 그녀의 담배에 불을 붙여 주었다.

자크가 널빤지를 바꿔 달았다.

"그래서 어떻게 됐어?" 여자가 물었다.

"그 다음 얘긴 없어." 자크가 속삭였다.

"별것도 아니네." 여자가 아쉬워했다.

"더 이상은 털어놓고 싶지 않아요." 조르주가 말을 끊었다.

"조르주 파피에, 이 못난이. 너는 번지르르한 문장들 뒤에 숨어 있으려고만 하는구나. 딱한 녀석."

여자는 안타까운 마음에 마구 퍼부어 댔다.

자크가 그 입을 틀어막으며, 비둘기 고기 손질이나 하라고 했다.

소년은 파피에papier라는 성이 자신에게 꼭 맞는 거라는 사실을 깨달았다.* 종이와 무엇이든 그 위에 쓸 수 있는 살갗은 서로 기막히게 통하는 것이므로.

해질녘이었다. 자크는 손을 주머니에 쑤셔 넣더니 카드를 꺼냈다. 그는 천천히 카드를 섞었다.

* 프랑스어 '파피에papier'는 종이를 뜻한다.

"포커 할 줄 알아? 카드 한 장만으론 할 수 있는 게 없어. 그게 에이스라 해도 말이야. 다른 카드들과 함께 있어야만 가치를 따질 수 있는 거라고. 그리고 상대방이 얼마만큼 모험을 하려는지 머릿속을 들여다보는 것도 중요하겠지. 삶이라는 것은 깨어진 조각들로 가득 차 있어. 우리는 그걸 다시 붙여야 해. 조각들을 차례대로 늘어놓으면서 의미를 부여하는 거야."

카드를 나누기 전에 자크는 또 주머니 한 곳에서 성냥갑을 꺼냈다.

"우리 성냥 내기하자. 포커 하면서 판돈을 안 걸면 재미가 없잖아."

자크는 성냥갑에 든 성냥개비를 나누어 주고, 카드를 다시 한 번 섞어서 나누었다. 조르주에게 다섯 장, 그리고 자신에게도 다섯 장. 조르주는 눈앞에 대고 자기 카드들을 부챗살처럼 펼쳐 보았다. 자크는 바닥에 깔고는 카드 귀퉁이를 하나씩 들어 보았다.

첫 판엔 자크가 쉽게 이겼다. 조르주가 자기 카드들을 들여다보는 순간, 살갗 위로 카드 모양이 나타났기 때문이었다. 또 다른 카드들이 나타나기도 했는데, 그건 바로 조르주가 원했던 것들이었다.

"욕심을 비워. 그냥 마음 가는 대로 해. 중요한 건 아무 것도 없으니까. 하지만 어떤 생각이 떠오르면, 아무리 사소한 거라도 놓치지 말아야 해. 그냥 물 흐르듯 떠다니는 거야. 어떤 의도도 갖지 말고 무심해져야 해."

밤이 깊어가면서, 조르주의 실력도 늘어 갔다. 가끔은 성냥개비를 모조리 쓸어 가기도 했다. 옆에서 눈을 부릅뜨고 지켜본 너구리 여인은 조르주가 뛰어난 노름꾼이 될 소질이 있다고 확신했다. 밤을 꼬박 지새우고 나자, 쓰러져 가는 호텔의 복도를 밝혀 주던 자셍트의 라이터는 더 이상 켜지지 않았다. 조르주가 떠나야 할 때가 되었다는 신호였다.

크리스마스 전날, 조르주는 다시 동네로 나왔다. 스낵바로 가보니, 문이 닫혀 있었다. 화재로 심각하게 손상된 상태였다. 고의적인 방화가 아니었을까? 수사를 담당한 경찰관들의 생각은 그랬다.

조르주는 곰곰이 기억을 더듬어 보았다. 아무래도 께름한 기분을 떨쳐 버리기 힘들었다.

혹시 자신이 불을 내고도 기억을 못 하고 있는 것은 아닐까? 책과의 사랑에 미쳐 있다가, 정신마저 불타 버렸던 것은 아닐까?

조르주는 배달원의 집 앞에도 가 보았다. 파란 유니폼을 입은 그가 퇴근하는 모습이 보였다. 조르주는 그러고 나서 집으로 돌아갔다. 현관문을 아무리 밀어 보아도, 열릴 생각을 안 했다. 무엇인가가 문을 막고 있었다. 꼭 산초 판자 같은 녀석이 현관에서 코를 골고 있었다. 떼밀리는 바람에 잠을 깬 트위스트는 잔뜩 화가 나 있었다.

"형, 왜 이제 온 거야! 엄마가 형 책들을 다 없애 버리려고 하는 걸 내가 겨우 뜯어말렸다는 거나 알아 둬. 엄마는 형 찾는다고 나갔어. 아니, 엄마가 어디로 갔는지 나도 몰라."

조르주는 돈키호테, 랭보, 프레베르, 보들레르, 그리고 또 다른 책

들을 살펴보았다. 카슨 매컬러스의 《마음은 외로운 사냥꾼》도 쓰다듬어 보았다. 이 책들은 자신의 청춘의 조각들이었다.

몇 주가 지난 뒤. 릴리안은 학교에서 돌아오는 길에 친구들에게 말했다. 자기 올케와 오빠가 아기를 데리고 코트노르로 돌아갔다고.

조르주 P.는 다른 길로 들어섰다. 품에는 책 한 권을 안고 있었다. 조르주는 그 책에다 자기가 겪은 일들을 모두 기록했다. 자기가 꾼 악몽들과 부질없던 희망들도 모두 그려 넣었다. 자기 피처럼 새빨간 잉크로.

그리고 맨 앞 장에는 롤랑 지게르의 시 한 대목을 발췌하여 옮겨 적었다.

새벽은 저녁에 기댄 너의 왼쪽 젖가슴
저녁이면 너는 옷을 벗고
양피지로 된 전등갓 아래에 들어가
그 위에 눈부신 문장을 쓴다.
사랑스런 눈의 여인이여*

* 퀘벡의 작가, 화가, 판화가인 롤랑 지게르(1929~2003)의 시 <사랑스런 눈의 여인>의 일부.

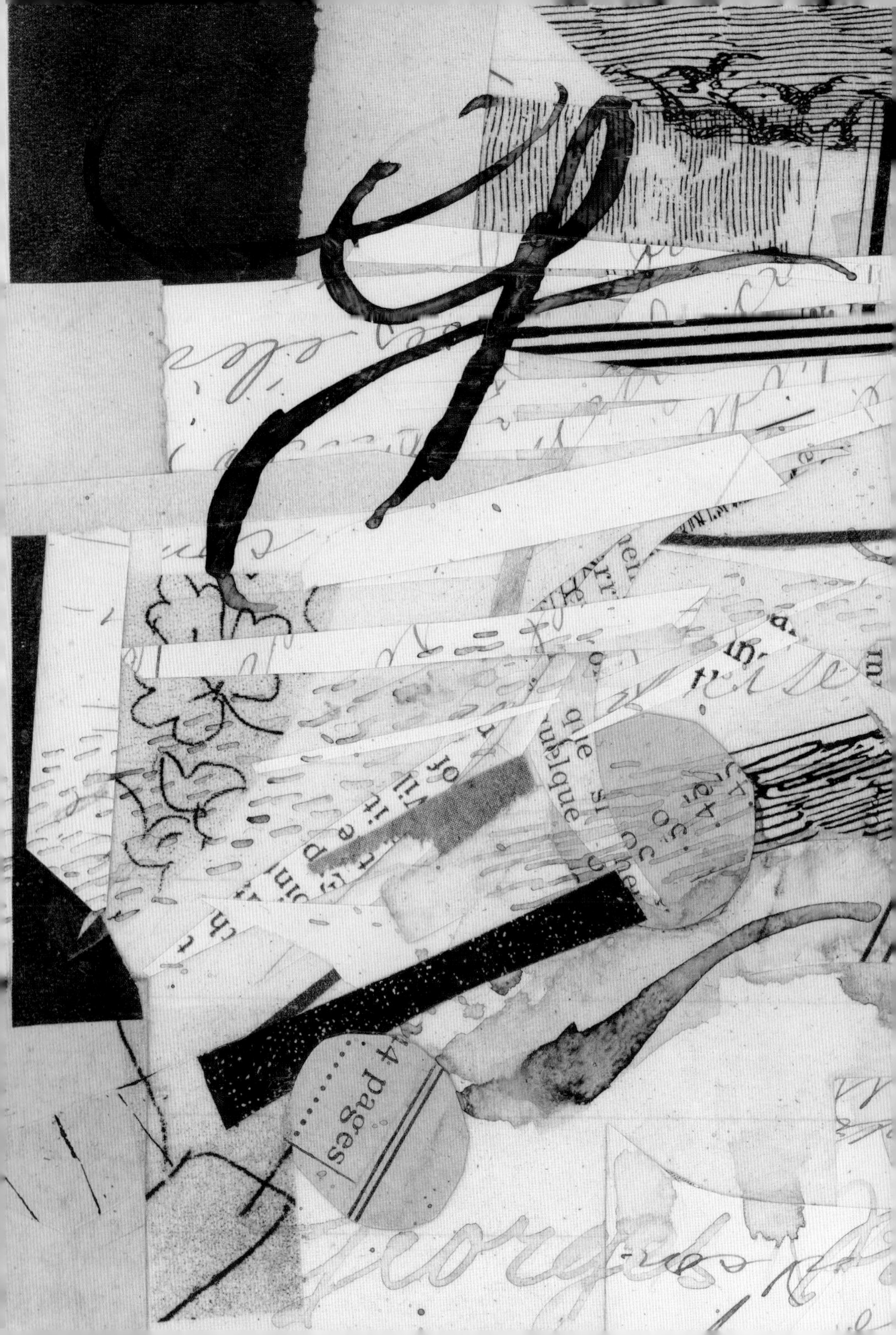

모든 것은 조르주의 몸 그대로였다.

이 이야기에다 그는 나중에 자기 손으로 이렇게 사인을 해야 했다. 조르주 파피에.

진지하지 않은

제1판 제1쇄 발행일 2014년 8월 20일

글쓴이 · 레몽 플랑트
그린이 · 이자벨 아르스노
옮긴이 · 조현실

펴낸이 · 소병훈
주 간 · 오석균
편 집 · 최혜기
디자인 · 소미화
마케팅 · 권상국
관 리 · 이용일, 김경숙
펴낸곳 · 도서출판 산하 / 등록번호 · 제300-1988-22호
주소 · 110-053 서울특별시 종로구 사직로 8길 21-2 (내자동 서라벌빌딩 4층)
전화 · (02)730-2680(대표) / 팩스 · (02)730-2687
홈페이지 · www.sanha.co.kr / 전자우편 · sanha83@empas.com

ISBN 978-89-7650-435-7 44860
ISBN 978-89-7650-400-5 (세트)

* 이 도서의 국립중앙도서관 출판시도서목록(CIP)은 e-CIP 홈페이지(http://www.nl.go.kr/ecip)와 국가자료공동목록시스템(http://www.nl.go.kr/kolisvet)에서 이용하실 수 있습니다.
(CIP제어번호: CIP2014021858)